EL A

AL CASTILLO

Barbara Cartland

Título original: Love Comes to the Castle

Barbara Cartland Ebooks Ltd
Esta edición © 2013

Derechos Reservados Cartland Promotions

Diseño de libro por M-Y Books

m-ybooks.co.uk

La Colección Eterna de Barbara Cartland.

La Colección Eterna de Barbara Cartland es la única oportunidad de coleccionar todas las quinientas hermosas novelas románticas escritas por la más connotada y siempre recordada escritora romántica.

Denominada la Colección Eterna debido a las inspirantes historias de amor, tal y como el amor nos inspira en todos los tiempos. Los libros serán publicados en internet ofreciendo cuatro títulos mensuales hasta que todas las quinientas novelas estén disponibles.

La Colección Eterna, mostrando un romance puro y clásico tal y como es el amor en todo el mundo y en todas las épocas.

LA FINADA DAMA BARBARA CARTLAND

Barbara Cartland, quien nos dejó en Mayo del 2000 a la grandiosa edad de noventaiocho años, permanece como una de las novelistas románticas más famosa. Con ventas mundiales de más de un billón de libros, sus sobresalientes 723 títulos han sido publicados en treintaiseis idiomas, disponibles así para todos los lectores que disfrutan del romance en el mundo.

Escribió su primer libro "El Rompecabeza" a la edad de 21 años, convirtiéndose desde su inicio en un éxito de librería. Basada en este éxito inicial, empezó a escribir continuamente a lo largo de toda su vida, logrando éxitos de librería durante 76 sorprendentes años. Además de la legión de seguidores de sus libros en el Reino Unido y en Europa, sus libros han sido inmensamente populares en los Estados Unidos de Norte América. En 1976, Barbara Cartland alcanzó el logro nunca antes alcanzado de mantener dos de sus títulos como números 1 y 2 en la prestigiosa lista de Exitos de Librería de B. Dalton

A pesar de ser frecuentemente conocida como la "Reina del Romance", Barbara Cartland también escribió varias biografías históricas, seis autobiografías y numerosas obras de teatro así como libros sobre la vida, el amor, la salud y la gastronomía. Llegó a ser conocida como una de las más populares personalidades de las comunicaciones y vestida con el color rosa como su sello de identificación, Barbara habló en radio y en televisión sobre temas sociales y políticos al igual que en muchas presentaciones personales.

En 1991, se le concedió el honor de Dama de la Orden del Imperio Británico por su contribución a la literatura y por su trabajo en causas a favor de la humanidad y de los más necesitados.

Conocida por su belleza, estilo y vitalidad, Barbara Cartland se convirtió en una leyenda durante su vida. Mejor recordada por sus maravillosas novelas románticas y amada por millones de lectores a través el mundo, sus libros permanecen atesorando a sus héroes valientes, a sus valerosas heroínas y a los valores tradiciones. Pero por sobre todo, es la , primordial creencia de Barbara Cartland en el valor positivo del amor para ayudar, curar y mejorar la calidad de vida de todos que la convierte en un ser verdaderamente único.

Capítulo 1
1885

QUÉ voy a hacer?», se preguntaba Jaela, paseando por el jardín de la Villa, radiante con el colorido de las buganvillas y los hibiscos.

Las azucenas empezaban a aparecer, y la joven recordó que eran las flores favoritas de su padre. Al pensar en él, sintió como si le clavaran un puñal en el corazón.

Su padre había llenado toda su vida en los tres últimos años, y no tenía idea de qué iba a hacer ahora que él había fallecido. Acababa de cumplir diecisiete años cuando murió su madre y su padre, cuya salud nunca había sido buena, se volvió hacia ella en busca de apoyo y consuelo.

A la joven le encantaba estar con él, porque nadie tenía un ingenio más agudo, ni una mente más original.

Lord Compton de Mellor había sido uno de los más notables Lores Cancilleres de Inglaterra.

Como Consejero de la Reina primero y como Juez luego, sus comentarios ingeniosos, sus brillantes discursos y sus juicios sagaces habían hecho las delicias de la Prensa.

Casi no pasaba día sin que fuera mencionado en los periódicos.

Su encanto personal y su sentido del humor eran motivo de admiración no sólo entre sus amigos, sino incluso para los delincuentes que enviaba a prisión.

Abrumado por la mala salud, acabó por retirarse al sur de Italia. Esto constituyó una gran pérdida para su País, pero fue motivo de gran contento para su esposa.

Compraron Villa Mimosa, ubicada entre Nápoles y Sorrento, y allí fueron increíblemente felices, con su única hija, a la que enviaban a una escuela de Nápoles.

Nadie esperaba que Lady Compton falleciera; pero la dama contrajo una de aquellas fiebres perniciosas que plagaban la región de vez en cuando y, casi antes de que su esposo y su hija se dieran cuenta de lo que sucedía, estaba muerta.

Fue entonces cuando Jaela dejó la escuela, sin consultar siquiera con su padre, para estar con él todo el tiempo en la Villa.

Había averiguado, con ayuda de la Directora, quiénes eran los mejores profesores de Literatura, Música e Historia y, les pidió que fuesen a darle clase en su casa.

Fue un acuerdo muy satisfactorio, porque los Profesores iban por la mañana temprano, cuando su padre estaba todavía descansando, y así luego podía pasar el resto del día con él.

Lord Compton, como su hija le decía con frecuencia, era una enciclopedia humana y realmente, Jaela pensaba lo afortunada que era al tener un hombre tan notable como su padre para enseñarla, guiarla e inspirarla.

−¿Te das cuenta, papá, de que voy a tener que quedarme de solterona el resto de mi vida? −bromeaba con él− . ¡Porque jamás encontraré un marido que sea tan listo como tú!

Lord Compton se reía.

−¡Te enamorarás, con el corazón, no con el cerebro!

−¡Tonterías!− replicaba Jaela−. Jamás podría amar a un hombre que fuera tonto o que no pudiese hablar conmigo, sinceramente de las mismas cosas de que tú me hablas.

−Empiezas a asustarme. Dentro de un año te enviaré a Inglaterra para que hagas la reverencia de rigor ante la Reina y conozcas a gente de tu edad.

Jaela no dijo nada, pero pensaba que, en tanto viviera su padre, ella no le dejaría.

Los doctores le habían dicho en privado que era un hombre muy enfermo. Su corazón podía detenerse en cualquier momento y no debía hacer ningún esfuerzo excesivo.

Jaela se sentía contenta de pasar el tiempo sentada a su lado en la terraza de la Villa o paseando con él, por el jardín al aire libre y al sol.

No obstante, las advertencias de los médicos en el sentido de que podía ser peligroso, ella insistió, cuando llegó el invierno, en cruzar el Mediterráneo para ir a Argelia. Allí el clima era más cálido y no había vientos traidores por las noches.

Habían vuelto a Villa Mimosa hacía sólo un mes, Jaela pensaba que su padre tenía mejor aspecto que en mucho tiempo, cuando entró en su dormitorio y se lo encontró muerto.

Había una leve sonrisa en su rostro, y la joven se dijo que sin duda había muerto pensando en su madre. Ahora estaban juntos de nuevo y serían felices...

«Pero yo, ¿qué voy a hacer?», se preguntó Jaela.

Lo más sensato era volver a Inglaterra. Sus abuelos habían muerto ya, pero tenía varias tías y primas que estarían encantadas de actuar como damas de compañía en su presentación Social, aunque ésta fuera un poco tardía. No había que pensar en ello, pues por el momento estaba de luto.

Su padre siempre se había reído de las exageradas muestras de duelo, pero las damas inglesas seguían el ejemplo de la Reina Victoria y eso era lo que todos esperarían de ella, sobre todo por la relevancia Social que había tenido su padre. Se habían publicado amplias notas necrológicas sobre él en los periódicos ingleses e italianos, debido a que el caballero había vivido tanto tiempo en Italia, que siguieron su ejemplo. «¿Qué voy a hacer?» pensó.

Jaela , seguía haciéndose la misma pregunta cuando se acercó a la fuente de piedra que lanzaba el surtidor a lo alto, donde se convertía en un millar de pequeños arco iris.

De quedarse en Villa Mimosa como deseaba, tendría que conseguir una dama de compañía de respeto.

Pero, ¿podría soportar, día tras día, la convivencia rutinaria con una mujer, cuando estaba acostumbrada al ingenio y la sabiduría de su padre?

Solían mantener duelos verbales y Jaela discutía con él por el simple placer de hacerlo.

Era emocionante oírle usar todos los recursos de ingenio para tratar de derrotarla.

«¡Oh, Papá!», clamaba su corazón, «¿cómo pudiste abandonarme cuando éramos tan felices juntos?»

Sintió que las lágrimas acudían a sus ojos, pero se obligó a no llorar.

—Si hay algo que realmente me disguste— le había dicho su padre en una ocasión—, es una mujer que llora para salirse con la suya; las lágrimas son un arma, hija mía, usada invariablemente por tu sexo.

—Hacen a los hombres sentirse fuertes, masculinos y desde luego, muy superiores a nosotras— dijo Jaela en tono burlón.

—¡Ah, *no*, en eso estás equivocada!

Y se lanzaron a una de aquellas series de réplicas y contra réplicas, que casi siempre terminaban en risas.

Ahora Jaela no tenía con quien reír. Todo a su alrededor era tranquilo, silencio y tristeza.

Debido a que era casi la hora del almuerzo, Jaela volvió con lentitud a la terraza donde su padre solía sentarse... cuando vivía.

La luz del sol daba al cabello de la joven tonalidades doradas.

No era el oro pálido del sol inglés, sino aquel otro intenso y refulgente que Botticelli pintó en la cabeza de su modelo, la amada Simonetta.

Era un cabello que parecía arder bajo la luz del sol y hacía que el cutis de Jaela se viera de un blanco casi deslumbrante. Los ojos, que tenían el azul del

Mediterráneo bajo la tormenta, parecían llenar su rostro.

—No sé de quién has sacado esos ojos— le decía su padre—. Los de tu madre eran azules como el cielo... Cuando los vi por primera vez, pensé que nada podía ser más bello.

—Los tuyos son grises, papá, ¡y cuando te enfadas se vuelven casi negros!

Lord Compton se reía.

—Supongo que es verdad... Pero tus ojos pequeña, son de un color muy extraño... Se necesitaría un poeta mucho mejor que yo para describirlos.

Jaela comprendió las palabras de su padre cuando observó sus propios ojos en el espejo con más atención que hasta entonces.

Eran de un azul profundo, intenso, con un ocasional reflejo verde. Cuando se enfadaba parecían adquirir un tono casi púrpura, aunque era difícil para ella misma definirlo.

Ahora, mientras Jaela se acercaba a la terraza, el hombre que la estaba esperando pensó que era imposible hallar una joven más hermosa.

Se hubiera dicho que había bajado del Olimpo para mezclarse con los seres humanos.

Jaela había llegado a la escalinata de la terraza antes de descubrir al hombre.

—¡Doctor Pirelli!— exclamó entonces—. ¡Qué alegría verlo! Él le tendió la mano y preguntó en buen inglés, aunque con marcado acento italiano:

—¿Cómo estás, Querida?

—Estoy bien— contestó Jaela— aunque, como puede imaginar, añorando a papá de un modo insoportable.

—Me lo imagino— suspiró el Doctor Pirelli—. Yo le echo de menos también. Solía esperar con ansiedad mis visitas aquí, porque me encantaba hablar con él y, desde luego, verte a ti. La joven sonrió.

—Usted y papá tenían tanto de qué hablar, que generalmente se olvidaban de mi existencia.

El Doctor Pirelli sonrió también.

—Eso no es verdad. Me parece que andas buscando cumplidos.

Un sirviente acostumbrado a las visitas del Doctor Pirelli entró con una botella del vino que siempre bebía y le llenó una copa.

Con ella en la mano, el médico se instaló en una de las cómodas sillas de la terraza.

Cuando el sirviente se hubo retirado, dijo:

—Tengo una sugerencia que hacerte, Jaela, y tal vez te sorprenda.

—¿Una sugerencia?

—Estoy preocupado por ti. Debes comprender que no puedes seguir viviendo aquí sola.

—Ya he pensado en eso. Supongo que podría buscar una dama de compañía, aunque la idea de emplear a alguna mujer mayor sin nada mejor que hacer es un tanto deprimente.

—Es lo que supuse que pensarías. Por eso creo que debes volver a Inglaterra.

Jaela suspiró, pero no dijo nada.

—Como te decía— prosiguió el médico—, tengo una sugerencia que hacerte... Supongo que me has oído hablar de la Condesa di Agnolo.

—Sí, claro que le he oído— reconoció Jaela—. Vive en esa preciosa Villa, no lejos de Pompeya, que siempre he deseado visitar.

—Y la Condesa pregunta con frecuencia por ti, pero no puedo permitirte que vayas a verla, porque desde hace un año padece tuberculosis.

—Sí, usted se lo contó a papá... ¡Qué cosa más triste! Una verdadera tragedia. La Condesa es una mujer joven todavía y muy hermosa.

—¿Hay esperanzas de que se ponga bien?

—Ojala las hubiera, pero tiene los dos pulmones afectados. En realidad, se está muriendo.

—¡Cuánto lo siento!— dijo Jaela en voz baja.

—Bien— prosiguió el doctor cambiando de tono—, pues la Condesa tiene una hijita de ocho años, una preciosa criatura de carácter muy dulce a quien su madre adora, como es natural.

—No tenía idea que tuviera una niña. Supongo que ahora habrá de estar con su padre.

—Eso es exactamente lo que iba a decirte. La Condesa quiere enviar a Lady Katherine, o Kathy, como la llamamos todos, junto a su padre.

Jaela se mostró sorprendida.

—¿Quiere usted decir que la Condesa di Angolo es inglesa y que la niña no es hija del Conde di Angolo?

—Ah..., creí que tu padre te había contado la historia de la Condesa— el doctor Pirelli parecía algo turbado—. Algunas veces mencionaba la Villa, pero no recuerdo que me contara mucho sobre la Condesa.

—Tal vez consideró que sería un error que te mostraras muy interesada en ella— dijo el doctor, como si hablara consigo mismo.

—¿Por qué había de ser un error?

El doctor Pirelli titubeó, al parecer , porque estaba pensando cuáles serían las palabras adecuadas. Al fin dijo:

—¡La Condesa es, en realidad, esposa del Conde de Halesworth!

Jaela lo miró asombrada.

—¿Quiere usted decir— preguntó con lentitud—, que no está casada con el Conde di Agnolo?

—Desgraciadamente, no— repuso el doctor—, pero para evitar que hubiera escándalo en los alrededores, el Conde, cuando la trajo a su Villa, le dio su nombre y la gente de por aquí no tiene la menor idea de que el Conde tiene esposa e hijos en Venecia.

—Pero... ¡usted y Papá lo han sabido siempre!— dijo Jaela en tono acusador.

—Tu Padre, desde luego, conocía de nombre al Conde de Halesworth, y sabía que su esposa lo había abandonado a los pocos años de matrimonio.

—¿Y la Condesa se trajo a su hijita consigo?

—La niña tenía dos años por entonces y la madre no soportaba la idea de dejarla.

—Pero el Conde..., ¿no protestó?— preguntó Jaela.

—Una vez discutí el asunto con tu padre. Me contó, que, según recordaba, el Conde era un hombre muy orgulloso. Como tantos Aristócratas ingleses, es capaz de cualquier cosa para evitar que el apellido de la familia sea manchado por un divorcio, ya que, siendo él un Noble del Reino, tiene que pasar por la Cámara de los Lores.

—Comprendo... Así que guardó silencio cuando su esposa lo abandonó. Yo hubiera pensado que habría hecho esfuerzos por recobrar a su única hija.

El doctor hizo un gesto de incomprensión, mas no dijo nada.

—Supongo que no lo consideró importante por tratarse de una niña— agregó Jaela—. Si hubiera sido un varón, es decir, su heredero, habría hecho todo lo posible por recuperarlo.

—Supongo que tienes razón— concedió su interlocutor—. De cualquier modo, el caso es que la pequeña vive con su madre. Te confesaré que estoy preocupado por ella, temeroso de que pueda contraer el mal de su madre que, como bien sabes, es contagioso.

—Sí, eso debe ser un quebradero de cabeza para usted. Ahora, ¿qué va a hacer respecto a la niña?

—Eso es lo que quiero explicarte. He hablado con la Condesa y ella me ha pedido te suplique, puesto que eres inglesa, que lleves a la niña a Inglaterra y la entregues a su padre.

—¿Quiere que yo ...? ¡Pero si ni siquiera me conoce!

—Ha oído hablar mucho de ti— dijo el doctor con una sonrisa—. Ha vivido muy sola, en varios sentidos, durante estos últimos años, aunque el Conde la adora. Si fuera posible, pondría el sol y la luna a sus pies.

El doctor hizo uno de sus expresivos ademanes y añadió:

—Pero, desde luego, en ocasiones tiene que volver al lado de su esposa y sus hijos... y entonces la Condesa se queda sola.

—¿No tiene amistades?

—Parece extraño, pero la verdad es que tiene muy pocas. Fue difícil para ella relacionarse con las familias italianas de los alrededores, por temor a que descubrieran que ella y el Conde no estaban casados. Y de haber habido por aquí compatriotas suyos de alguna relevancia social, no se habrían acercado a ella jamás. Al contrario, la habrían evitado horrorizados, considerándola *una mala mujer*.

—Ah..., comprendo. Me hubiera gustado que papá la invitara a visitarnos. Nosotros habríamos sido amables con ella.

—Creo que tu Padre pensaba en ti— dijo el doctor con sencillez.

—¿Y ahora la Condesa... quiere que yo lleve a su hijita a Inglaterra?

—Lo que yo te sugiero es que vengas conmigo después del almuerzo y que hables tú misma con la Condesa. Entonces comprenderás lo desesperadamente preocupada que está. No sabe a quién confiar a su preciosa hija en un viaje tan largo.

—Es natural— dijo Jaela—, y si es posible, desde luego que acompañaré a la niña. El inconveniente es que..., la verdad, no tengo deseos de ir a Londres mientras aún estoy de luto. Tendría que hablar de papá y eso siempre me entristece..., y me hace llorar.

—Entonces lo mejor que puedes hacer— dijo el doctor con rapidez—, es ocupar tu mente con otra cosa. Es lo que tu padre habría querido que hicieras, ¿no te parece?

—Lo sé, lo sé...tal vez cuando llegue a Inglaterra, me decida a abrir nuestra casa de campo, que cerramos cuando decidimos venirnos aquí. Se quedó en manos de los encargados.

—Creo que eso sería lo más sensato. Al menos, hasta que puedas presentarte en sociedad, como sabes que era el deseo de tu padre.

—Sí.... pero no estoy segura de desearlo yo misma. Ésa es la primera cosa absurda que te he oído decir.

—Eres joven y bonita. Cuanto antes ocupes tu lugar en el mundo que te corresponde, tal como lo deseaban tus padres, mejor.

Jaela pensó divertida que el médico le hablaba como a una convaleciente pusilánime que se resistiera a enfrentarse al mundo de nuevo, tras una larga enfermedad.

—Comprendo lo que quiere usted decir, mi querido doctor Pirelli, y supongo que, como la horrible medicina que me recetó cuando nos conocimos por vez primera, habré de tomármela aunque amargue.

El doctor sonrió.

—¡Eso es! Y ahora, si eres tan amable de darme antes algo de comer, te llevaré a conocer a la Condesa.

*

El cómodo carruaje del doctor Pirelli recorría los serpenteantes caminos que llevaban a Pompeya.

Sentada junto al médico, Jaela pensaba que era extraordinario vivir tan cerca de Villa Agnolo y no haber estado allí nunca.

Ahora comprendía por qué, cuando se la mencionaba a su padre, éste se mostraba tan lacónico.

Sin duda sus familiares habrían desaprobado rotundamente a cualquier dama que viviera con un hombre que no era su esposo.

Como los italianos eran unos chismosos proverbiales, dudaba mucho que los vecinos de los alrededores no se hubieran dado cuenta de que el Conde llevaba una *doble vida*.

Cuando llegaron a la Villa, le pareció a Jaela todavía más espléndida que vista desde lejos. Sin duda el Conde había querido rodear de un ambiente hermoso a la mujer amada.

Un criado de librea acudió a abrirles la puerta y los condujo por un vestíbulo y un corredor en los cuales había espléndidos cuadros...

Finalmente entraron en uno de los más hermosos salones que Jaela había visitado. Todo allí, era blanco; las paredes, los cortinajes, la tapicería de los muebles, las alfombras que cubrían el pulido suelo.

Los cuadros eran obra de maestros italianos y sus vivos colores resaltaban como joyas sobre un terciopelo blanco. Grandes ramos de flores ponían aquí y allá la brillante nota polícroma.

Jaela se quedó sola mientras el doctor iba a ver si su paciente estaba en condiciones de recibirlos.

Paseó de un lado a otro de la estancia y contempló las vitrinas llenas de exquisitos objetos artísticos que seguramente valían una fortuna.

No tuvo mucho tiempo para verlos en detalle, porque el doctor volvió pronto.

—La Condesa está encantada de que hayas venido a conocerla como esperaba— le dijo—, pero está muy débil y no podrás quedarte mucho rato.

—Comprendo.

Subieron por una ancha escalera y entraron en una habitación tan amplia como el salón de abajo. Aunque las persianas exteriores habían sido bajadas, parecía llena de sol.

Recostada sobre almohadas orladas de encaje, en una cama con dosel de muselina y seda, se hallaba la Condesa. Aunque estaba delgada hasta un extremo patético, a Jaela le pareció una de las mujeres más bellas que jamás había visto.

Su cabello era tan rubio que parecía reflejar las primeras luces del amanecer. Sus ojos, de un verde claro con chispitas doradas, estaban bordeados por espesas pestañas oscuras y, debido a su extrema delgadez parecían demasiado grandes para su rostro afilado.

En contra de lo que Jaela esperaba, a la Condesa no se la veía pálida y demacrada, sino que había un toque de color en sus mejillas.

Pronto recordó, estremecida que aquello era característico de la terrible enfermedad que la estaba destruyendo. Cuando Jaela se acercó a la cama, una enfermera puso una silla para que pudiera sentarse cerca de la Condesa.

La enferma extendió una mano, que era poco más que piel y huesos.

—¡Ha venido usted...!— dijo con voz muy suave.

—Sí, aquí estoy— sonrió Jaela—, y por supuesto, la ayudaré en la forma que usted desee.

—Es usted muy buena.

Hubo una ligera pausa, como si a la enferma le resultara difícil hablar. Después añadió:

—Por favor, lleve a Kathy junto a su padre..., hice mal en traérmela conmigo, pero... ¡la quería tanto...!— las palabras salían temblorosas de sus labios.

Jaela, que le sostenía la mano, dijo:

—La comprendo, Condesa...,yo cuidaré de Kathy por usted.

—Él... procure que no se enfade con la niña.

Jaela comprendió que se refería a su esposo y dijo en tono consolador:

—Seguro que se alegrará mucho de tener a su hija de nuevo. La Condesa cerró los ojos, pero no retiró su mano de la de Jaela.

El doctor y la enfermera se habían alejado de la cama. Jaela tenía incluso la sensación de que habían salido del dormitorio, pero no se volvió a comprobarlo.

—No me arrepiento de lo que hice... por lo que a mí respecta— habló de nuevo la dama—. El amor es maravilloso... y Stafford no me amaba.

—Usted ha sido feliz y eso es lo que cuenta.

—Muy feliz, mucho— murmuró la Condesa—. Pero Kathy no debe ser castigada por lo que yo hice.

—¡No, claro que no lo será!

—Llévesela— dijo la Condesa con lentitud—. Enséñela a ser inglesa..., será mejor para ella.

—Haré todo lo posible.

Profundamente conmovida porque aquella mujer todavía joven y bella iba a morir,

Jaela añadió:

—Le prometo que velaré por Kathy y la llevaré junto a su padre.

—Es usted muy buena— repitió la Condesa con voz casi inaudible.

Tenía los ojos cerrados y Jaela notó que su mano se ponía flácida y comprendió por ello que no tenía fuerzas para decir nada más y se levantó.

Durante unos momentos se quedó mirándola y pidió al Cielo que muriera sin sufrir.

Después se dio la vuelta y fue al otro extremo donde la esperaba el doctor Pirelli.

Salieron del dormitorioh y ya en el pasillo, él dijo con una voz que revelaba lo impresionado que estaba:

—Ha sido muy bondadoso por tu parte, Jaela. Nadie hubiese podido ser más amable con ella que tú.

—Siento muchísimo lo que sucede— murmuró Jaela—. ¡Qué lástima morir tan joven!

—Ha sido inmensamente feliz. Tal vez ninguno de nosotros pueda aspirar a más.

El doctor Pirelli hablaba emocionado y Jaela recordó que era viudo.

A la mitad del pasillo se detuvieron y la joven, al ver que su acompañante empujaba una puerta, supuso que ésta daba a las habitaciones de la niña.

Esta idea fue confirmada por la alegre decoración y los juguetes que se veían esparcidos por todas partes.

En el suelo, entre un montón de piezas multicolores de madera, había sentada una niña que, con ayuda de una doncella, se afanaba en construir un Castillo.

Al ver al doctor lanzó un grito de alegría y se puso en pie para correr a su encuentro.

—¡Doctor Pirelli, doctor Pirelli! ¿Me ha traído esos dulces tan ricos?

—Hay una caja enorme esperándote abajo, en mi carruaje— contestó el médico—. Te la prometí si eras una niña buena y no molestabas a tu mamá, ¿recuerdas?

—He sido muy buena— dijo Kathy—, ¿no es cierto, Giovanna?

Hizo la pregunta en italiano y la doncella le contestó en el mismo idioma:

—Has sido muy buena y has estado muy callada.

—Entonces te mereces los dulces— dijo el Doctor—. Pero ahora, quiero presentarte a una encantadora amiga mía, la señorita Jaela Compton.

Jaela se puso en cuclillas para quedar a la altura de Kathy.

—Estaba admirando esa casa de muñecas que tienes en aquel rincón— dijo—. Yo tenía una cuando era de tu edad, pero mucho más pequeña.

—La mía es muy bonita pero me gusta más mi caballo— dijo Kathy señalando un gracioso balancín.

—¿Cómo se llama?— preguntó Jaela—. Yo también tenía un caballito así y lo montaba antes de tener un pony de verdad.

Kathy, que no era tímida en absoluto miraba a Jaela con vivo interés.

La joven añadió:

—Creo que si vienes conmigo a Inglaterra como quiere tu mamá que lo hagas, tú también tendrás un pony de verdad.

—¿De veras? ¡Eso sería estupendo! Yo siempre he querido un pony, pero mamá dice que no hay sitio en el jardín. ¡Pero monté cuando fuimos al otro lado del mar!

—¿Montaste un caballo o un camello?— preguntó Jaela. Kathy rió.

—¡Los dos!

—¡El camello era más gracioso...!

—Me lo imagino. Debes contarme muchas cosas sobre él. Si quieres venir conmigo a Casa, te mostraré las fotografías de los caballos que tenía yo en Inglaterra.

—¡Sí, sí, me gustaría mucho!— exclamó Kathy.

Jaela miró al doctor interrogadamente, y él la contestó en sentido afirmativo.

Después le dijo en italiano a la doncella que preparase la ropa de Kathy tan rápidamente como fuera posible.

Luego el Doctor cogió de la mano a Kathy y bajó con ella la escalera.

Jaela, que los seguía, se dio cuenta de que la niña cesaba de hablar al pasar por delante del dormitorio de su madre, y le pareció conmovedor que una criatura tan pequeña fuese tan considerada.

Sólo cuando llegaron al vestíbulo, Kathy preguntó al médico en voz baja:

—¿Puedo ver a mamá antes de irme?

—Creo que tu mamá está dormida— contestó el doctor—, pero si quieres, puedes asomarte y, si la ves despierta, puedes despedirte de ella tirándole besos con la mano.

—Iré muy, muy calladita— prometió Kathy—, le tiraré muchísimos besos. Echo tanto de menos sus besos...

Jaela adivinó que la niña tenía prohibido besar o tocar a su madre porque era peligroso.

Salieron a la puerta y el doctor entregó a la niña la caja de almendras confitadas que le había llevado.

—¡Gracias, gracias!— dijo la niña y levantó la carita, de forma muy natural, para besar al hombre en la mejilla. Después, abrió la caja y le ofreció un dulce, que él no aceptó. Jaela sí tomó una almendra y entonces Kathy, muy contenta, se sentó en el carruaje descubierto para comer una tras otra.

—¡Qué ricas son!— exclamó—. Pero Giovanna dice que me pondré gorda si como muchos dulces, así que es mamá la que debía comerlos.

—Tu Mamá está demasiado enferma para comer dulces— observó el doctor.

—Está usted tardando mucho en curarla— le reprochó la niña.

—Hago todo lo posible— aseguró el médico.

—Estoy muy aburrida sin mamá— suspiró Kathy—. Me gustaría tener un perrito con el que jugar, pero tío Diego dice que causaría muchas más molestias en la Villa.

—Estoy segura de que en Inglaterra podrás tener un perro— dijo Jaela y vio cómo se iluminaban los ojos de Kathy, lo que le hizo pensar que aquello sería una gran ayuda para que la niña olvidase a su madre gradualmente.

Jaela había adorado a su propia madre y suponía que a Kathy le iba a costar mucho adaptarse a un mundo donde iba a estar sola.

De pronto se le ocurrió que, aunque la niña y ella tenían edades diferentes, estaban más o menos en la misma situación. Ambas se encontraban solas y sin nada a lo que aferrarse por el momento.

«Estoy segura de que su padre va a significar mucho para ella», se dijo esperanzada.

Pero..., ¿se alegraría el Conde realmente de ver a su hija, tras haber estado privado de su compañía durante seis años?

Era una cuestión que prefería no encarar por el momento, así que desechó la idea.

Giovanna no tardó en bajar con una maleta que contenía parte de la ropa de Kathy. También bajó un sombrero y un abrigo para la niña.

—¿Puedo ir ahora a tirarle besos a mamá?— preguntó Kathy al médico.

—Sí— contestó él—, pero dile a la enfermera lo que quieres hacer.

Kathy bajó de un salto del carruaje y entró corriendo en la casa.

Estuvo ausente sólo unos minutos y, cuando volvió, llevaba en brazos a su muñeca favorita.

—Casi me olvido de Betsy— dijo en tono de reproche contra sí misma—. A ella le gustará mucho pasear en coche.

—Claro que sí— dijo Jaela—, y espero que a ti te guste también.

—Me gustaba mucho pasear en coche con mamá. Ella me contaba historias de los sitios por los que pasábamos.

—Entonces yo haré lo mismo— prometió Jaela.

—¿Sabes muchas historias? ¿Y cuentos también?

—¡Muchísimos! Pero tú me tienes que contar algunos a mí, ¿eh?

—¿Yo, de qué?

—De lo que se te ocurra. De las flores, los árboles, el mar, el cielo..., si piensas un poco, hay historias en todo lo que vemos.

Kathy rió.

—¡Qué idea más graciosa! Yo quiero que me cuentes todas tus historias, Jaela.

—Te contaré muchas mientras viajamos hacia Inglaterra. Tú me contarás cosas de Italia, porque tú has estado viviendo aquí más tiempo que yo.

—¿Te gustan los Cuentos de Hadas?— preguntó la niña.

—Me gustan los Cuentos de Hadas, los de Caballeros Andantes, los de Duendes y los de niñitas a las que les gustan los cuentos— repuso Jaela y Kathy rió encantada.

El doctor Pirelli, que había estado dando a Giovanna instrucciones para que hiciese el resto del equipaje de Kathy, salió por fin de la casa y subió al carruaje.

—Voy a llevarte a tu casa— dijo a Jaela—, y después volveré a ver a mi paciente. Los baúles estarán listos para entonces y yo mismo te los llevaré a la tarde o mañana temprano.

—Gracias. Estoy ansiosa de mostrar a Kathy mi casa, y desde luego, la fuente.

—¿Tienes una fuente para ti sola?— preguntó Kathy.

—Para mí sola— contestó Jaela—, y hay una historia muy interesante sobre quién la hizo y el lugar de donde vino. Además, sé un cuento sobre lo que ha sucedido con ella en la Villa. Kathy lanzó un grito de alegría y puso su manita en la de Jaela.

—¡Cuenta, cuéntamelo ya! Si lo haces, te contaré uno antes de dormir.

—¡Trato hecho!— contestó Jaela y rodeando a la niña con un brazo, la atrajo hacia sí.

Al levantar la mirada se encontró con los ojos del doctor Pirelli y vio en ellos una expresión aprobadora.

Sin duda había estado temeroso de que no aceptara llevar a Kathy a Inglaterra.

Por primera vez, Jaela se preguntó si habría en todo aquel asunto algo que el doctor no le hubiera dicho.

Si así era, quizá su misión resultaba más difícil de lo que ella preveía.

Capítulo 2

JAELA arropó a Kathy en la cama y después se inclinó para darle un beso de buenas noches.

Para su sorpresa, la niña titubeó.

—¿No hay peligro en darte un beso? No me permiten besar a mamá.

—No hay ningún peligro— contestó Jaela—, pero bésame sólo si quieres hacerlo.

—¡Claro que quiero! Tú eres muy buena y cuentas historias muy bonitas.

Le echó los brazos al cuello y la besó en la mejilla.

Jaela no pudo evitar sentirse triste de que hubieran tenido a la niña alejada de su madre, aunque fuese para su propia protección, porque sin duda la Condesa, era la única persona de importancia en la vida de la pequeña.

La abrazó apretadamente y sintió el cuerpecillo tibio aferrarse al suyo. Entonces se dijo que haría cuanto estuviera en sus manos para que Kathy fuera feliz.

Mientras cenaba sola, pensó en la tarea que la esperaba. Se le ocurrió que era el destino el que la obligaba a dejar Italia, cuando ella todavía estaba indecisa al respecto.

«Kathy y yo tenemos que hacer frente a un nuevo mundo», pensó. «¡Quiera Dios que sea feliz para ella y al menos, interesante para mí!»

A la mañana siguiente, el Doctor Pirelli llegó temprano con los baúles que contenían la ropa de Kathy, así como sus pertenencias más queridas.

La niña estaba jugando en el jardín, corriendo alrededor de la fuente, que la fascinaba.

El doctor se sentó en una de las sillas que había en la terraza. Reinó el silencio por unos momentos. Luego Jaela dijo:

—Quiero mucho a Kathy, doctor Pirelli, y cuidaré de ella, pero deseo que sea usted sincero conmigo y me diga todo lo que sabe sobre su padre. Tengo la impresión, aunque podría estar equivocada, de que me oculta usted algo.

El doctor Pirelli la miró con evidente turbación.

—Lo que yo había planeado— dijo—, era que llevaras a Kathy al Castillo Hale y después te olvidaras de ella. Jaela enarcó las cejas.

—Como soy el único eslabón que la une con su madre, creo que sería una crueldad hacer eso. Desde luego, es posible que su padre la reciba con los brazos abiertos, pero cabe también la posibilidad de que, como no la ha visto desde que tenía dos años, no la reciba tan de buena gana como usted espera.

—Ella sólo es una niña— dijo el doctor como a la defensiva.

—Supongo que ése es un punto a su favor, pero el padre tal vez sea uno de esos hombres a los que no les gustan los niños.

El doctor hizo un expresivo ademán.

—Estás inventando dificultades, Jaela— dijo—, y eso no es propio de ti.

—Sigo pensando que usted no me lo ha dicho todo.

Se hizo el silencio. Luego, el doctor Pirelli dijo:

—Muy bien, si quieres saber la verdad, unos amigos míos ingleses me contaron, cuando estuve en París hace tres años, que había sucedido una cosa muy extraña en el Castillo Hale.

—Me gustaría saber qué fue— dijo Jaela con firmeza.

—Ellos ignoraban que yo atendía a la esposa del Conde de Halesworth. Yo les pregunté de forma natural, como por simple curiosidad:

—¿Y qué le dijeron?

—Que se había suscitado mucho chismorreo respecto al Conde por ciertos hechos extraños. Mis amigos no conocían al Conde personalmente, pero debido a que es un hombre importante y a que ellos estaban hospedados por entonces en una casa de la misma región, oyeron hablar del asunto. Al parecer, el Conde había estado en relaciones con cierta viuda joven y atractiva. Luego, inexplicablemente la mujer desapareció.

—¿Desapareció?— exclamó Jaela sorprendida.

—Eso es. Nadie sabía que había sido de ella y los vecinos murmuraban que podía haber sido asesinada.

—¡Dios mío, es increíble! ¿Qué sucedió en realidad?

El doctor levantó las manos en ademán de ignorancia.

—Eso es lo único que sé. Volví a Italia y, desde luego, no dije nada a la Condesa.

—Así que usted no conoce el final de la historia.

—Supongo que, en realidad, no hay final. El asunto me resultó desagradable, porque el Conde es el padre de Kathy y tengo un gran cariño a la niña.

Jaela guardó silencio por unos momentos. Luego añadió:

—¿Y todavía cree usted que debo llevar a la niña con su padre?

—¡Por supuesto! Lo que me contaron no eran más que rumores. Si hubiera habido un juicio o se hubiera hecho una investigación policíaca, habría aparecido en los periódicos.

—¿Y está usted seguro de que no apareció?

El doctor asintió con la cabeza.

—Me tomé la molestia de leer durante varias semanas, un periódico inglés que aparece semanalmente en Italia. No hubo ninguna referencia al Conde de Haleworth, así que llegué a la conclusión de que todo eran chismes.

Jaela se levantó de su asiento y se quedó mirando a Kathy, que jugaba sola en el jardín.

Se la veía preciosa sobre el fondo iridiscente de las aguas. Con su vestido blanco y su lazo azul en la cintura podía ser un hada de los cuentos que tanto le gustaba oír.

En realidad, se parecía mucho a su madre, pensó Jaela.

—La Condesa debe de haber sido muy bella— comentó—. Tal vez el Conde quedó con el corazón destrozado por perderla.

—Si fue así— contestó el doctor Pirelli—, ella no se dio cuenta. Una vez me dijo:«No supe lo que era la felicidad hasta que conocí a Diego. El me amó como mujer, mientras que mi esposo me trataba como si fuera una niña, y bastante fastidiosa además».

—¿Qué edad tiene el Conde?— preguntó Jaela.

—En una ocasión la Condesa mencionó que tenía veintisiete años cuando lo dejó, así que ahora tendrá unos treinta y tres.

—No es un hombre viejo— observó Jaela.

—Tal vez sí para una mujer dulce y sensible que sólo deseaba ser amada— dijo el doctor Pirelli.

Con una leve sonrisa, Jaela pensó lo mucho que el amor significaba para los italianos.

Lo expresaban, como todos sus sentimientos, de manera muy franca.

En cambio un inglés aprende, casi desde el momento de nacer, que debe controlarse y no manifestar sus emociones. El inglés, en general, se mostraba muy tímido, si tal adjetivo era aplicable al caso, cuando se trataba de hablar de cuestiones del corazón.

Ella y su padre habían comparado con frecuencia las características de los diversos países de Europa.

Lord Compton aseguraba:

—¡Los italianos son como niños! Lloran cuando se sienten tristes, cantan si están felices y su corazón palpita de emoción desde que se levantan por la mañana hasta que se acuestan a la noche.

Y mientras Jaela reía, continuaba diciendo:

—Piensan constantemente en las mujeres, mientras que nuestros compatriotas, hija mía, sólo piensan en cazar, tirar al blanco y pescar.

—Pero tú no eras así, papá— protestó Jaela.

—Sólo en lo que a tu madre se refería. Desde el momento en que la vi comprendí que era cuanto había soñado en secreto, sin confiar en encontrarlo nunca. Y cuando supe que me amaba, ¡me sentí el hombre más afortunado de la tierra!

—Eso es lo que yo quiero que me pase a mí— suspiró Jaela.

—Sólo puedo decir a Dios que así sea— dijo su padre—. Al mismo tiempo, hija mía, quiero que te cases con un hombre digno de ti.

Jaela lo miró con expresión de reproche.

—No seas *"clasista"*, papá. Sé muy bien lo que quieres decir. Quisieras que me casara con un Duque, lo cual es muy improbable, o con algún Aristócrata arrogante que nunca estaría muy convencido de que soy lo bastante buena para él.

—¡Nunca en mi vida había oído tontería mayor!— exclamó enojado Compton y, al advertir que su hija estaba bromeando, añadió:

—¡No seas irritante! Sabes con exactitud lo que quiero para ti.¡Por supuesto que soy ambicioso! Quiero que te sientes entre las esposas de los Nobles en la sesión Inaugural del Parlamento.

—¡Papá!¿Cómo puedes ser tan absurdo? No tengo deseos de llevar tiara, inaugurar exposiciones de flores y dar palmaditas en la cabeza a los niños mientras distribuyo los premios escolares.

Hizo una pausa y agregó con mayor seriedad:

—Quiero casarme con un hombre tan ambicioso e inteligente como tú. Puede ser Primer Ministro, si quiere, o tal vez Embajador en algún país muy civilizado, Francia por ejemplo.

—Tal vez tengas razón— concedió su padre—. Con tu inteligencia, ciertamente inspirarías a un hombre para que lograra el éxito. Pero, tal vez se sienta celoso de ti por lo mucho que vales.

Jaela besó a su padre, diciendo:

—Más bien temo que se sienta celoso de ti, cuando yo mencione continuamente las cosas que dices, lo que haces, lo listo que eres...

Ahora Jaela pensó, por milésima vez, que nunca encontraría nadie que la amase como su padre había amado a su madre.

Era lo bastante sensata para comprender que aquella inteligencia que su padre admiraba tanto podía ser un impedimento.

Su madre, aunque era una mujer maravillosa, jamás intentaba discutir con su padre o poner en tela de juicio cualquier decisión tomada por él.

Lo adoraba y se ponía ciegamente en sus manos.

Jaela se había preguntado con frecuencia si ella podría ser tan complaciente y sentirse satisfecha con tal facilidad.

Su padre siempre había considerado que la vida era un reto continuo, y eso era lo que ella sentía también.

Ahora se le presentaba un problema y estaba decidida a resolverlo.

Consistía en asegurarse de que Kathy fuera feliz en Inglaterra.

¿Qué haría si, al llegar al Castillo Hale, se daba cuenta de que la niña no podría ser feliz allí?

¿Habría algún modo, de llevar a la niña con otro familiar? Abrió los labios para preguntárselo al doctor, pero adivinó que él no sabría la respuesta y prefirió callar para no preocuparle más de lo que ya estaba. Se daba cuenta del gran cariño que el Médico tenía tanto a la Condesa como a la niña. Sin duda echaría de menos a ésta cuando se fuera de Italia... como echaría de menos a la Madre cuando muriera.

«No debo hacer las cosas más difíciles todavía para él», pensó Jaela y dijo:

—Me alegra que me haya contado usted todo lo que sabe sobre el Conde..., imagino que a estas alturas ya habrán encontrado una explicación de lo que sucedió a la dama desaparecida.

—Es lo que supongo. Por eso no te había dicho nada al respecto.

—Cuanto más sepa del Conde, mejor. Al fin y al cabo, tengo que convencer a Kathy de que quiere ver a su padre y de que él le dará la misma clase de hogar a que está acostumbrada con su madre.

—Sí, eso es verdad— reconoció el Doctor—, y estoy seguro, querida, de que lo conseguirás.

Jaela pensó que el doctor era demasiado optimista, pero no dijo nada.

Entonces él procedió a informarla de los preparativos que estaba haciendo respecto al viaje.

—¿Tenemos que irnos tan pronto?— preguntó Jaela.

—Tranquilizará mucho a la Condesa saber que su hija está ya camino de Inglaterra —contestó el doctor Pirelli.

No dijo más, pero Jaela comprendió que había prisa, también, para que Kathy no supiera, antes de irse, que su madre había muerto.

—Por supuesto— añadió luego el médico—, la Condesa pagará todos sus gastos, al igual que los de su hija.

—No hay razón para que lo haga— protestó Jaela—. Dispongo de dinero propio.

—Lo sé, pero la Condesa es realmente una mujer acaudalada. Tenía dinero antes de casarse y el Conde, que es también muy rico, le dio cuanto necesitaba y mucho más. Esta mañana vi a su abogado, y me mostró su Testamento.

Todo, desde luego, se lo deja a Kathy, que será con el tiempo una jovencita de envidiable posición, aun sin tener en cuenta lo que su padre pueda legarle.

«Eso será muy conveniente para ella», pensó Jaela. «De ese modo, si su padre no la quiere, siempre habrá otros familiares dispuestos a acogerla, dado que no supondrá una carga».

—Estoy haciendo gestiones— continuó el doctor Pirelli—, para que viajen en un vagón especial, enganchado al tren que las llevará a París. Allí el vagón será transferido al tren de Calais.

—Todo eso suena a lujo— sonrió Jaela. Si ella hubiera viajado sola, se habría conformado con un simple compartimiento reservado.

—Quiero que viajen con la mayor comodidad— dijo el doctor—. El Comisionado que las acompañará hará todas las gestiones precisas. Es un hombre con mucha experiencia; ha ido a Inglaterra varias veces.

—Le estoy muy agradecida— dijo Jaela—. ¿Escribirá usted al Conde para avisarle que llegamos o quiere que lo haga yo?

El Doctor no contestó de inmediato y la joven notó que tenía fruncido el entrecejo.

Por fin dijo:

—He pensado eso detenidamente y creo que sería un error hacer algo antes de que estén allí.

—¿De verdad cree que debemos llegar..., como caídas del cielo, sin advertencia

previa?— preguntó sorprendida Jaela.

—Creo que es lo mejor. Resultará una buena estrategia que el Conde vea a su hija antes de tomar una decisión respecto a ella.

Jaela miró a Kathy, que ahora estaba sentada en el césped, abrazando a Betsy, su muñeca favorita.

—¿Confía usted en que lo cautive a primera vista?

—Estoy seguro de ello. Sería un error dejar que el padre acumule resentimientos en su contra, antes que haya llegado siquiera.

Jaela pensó que lo que el doctor estaba diciendo tenía mucho sentido común. No podía esperarse que el Conde sintiera otra cosa que rencor por la forma en que le habían quitado a su hija cuando era tan pequeña.

Al parecer no había vuelto a saber nada de ella en los seis últimos años.

—Tiene usted razón— concedió—. Sin embargo, todo esto, es más complicado de lo que yo suponía.

—¿Te vas a negar a llevarla?— preguntó el doctor Pirelli con inquietud.

—No, por supuesto que no— lo tranquilizó Jaela—.¡Di mi palabra a la Condesa y la cumpliré!

*

Partieron dos días más tarde.

Sólo el doctor fue a despedirlas a la estación.

Jaela había dispuesto que la pareja que los había servido a sus padres y a ella desde que vivían allí, cuidaran Villa Mimosa en su ausencia.

Les aseguró que volvería en la primavera siguiente, y encargó al abogado de su padre en Nápoles que les pagara el salario e inspeccionara la casa cada mes.

Dio además a los italianos una cantidad extra de dinero, con lo cual le quedaron muy agradecidos.

Tanto a ellos como al doctor les dejó su dirección en Londres, para que pudieran ponerse en contacto con ella cuando desearan hacerlo.

Sentía ganas de llorar cuando por fin se alejaron de Villa Mimosa.

Dirigió una última mirada a la fuente, a la terraza donde solía sentarse con su padre, a las habitaciones que su madre había decorado de forma tan exquisita...

Se estaba despidiendo de la casa que había sido su hogar, de su madre y también de su padre y lo mucho que éste había significado para ella en los tres últimos años.

Pero la esperaban otras dos casas, llenas igualmente de recuerdos suyos; la de Londres y la del campo, llamada Mellor Hall, donde había pasado buena parte de su niñez.

«Mamá, papá», se dirigió a ellos mentalmente, «sentiré que están conmigo allá donde vaya...»

Ahora los recuerdos eran su único refugio.

*

Kathy estaba encantada con el vagón particular que, según decía, era como una casa de muñecas.

Corría de un extremo a otro e inspeccionó la pequeña despensa donde había comida para el viaje, así como los dormitorios donde ella y Jaela dormirían.

Volvió al saloncito con el rostro encendido por la excitación.

—Betsy dice que ésta es la casa de muñecas más grande que ha visto en su vida— aseguró.

Sin embargo, al cabo de un rato empezó a aburrirse y Jaela hubo de ponerse a contarle cuentos e historias.

Le leyó también algunas páginas del libro que había tenido la precaución de comprar antes de subir al tren.

Kathy hablaba incesantemente del pony que iba a montar y del perro con que jugaría. Todo era ya tan real para ella, que Jaela se inquietó al pensar que el Conde pudiera negarse a concederle aquellos caprichos... o que la enviará lejos del Castillo.

Entonces, tal vez tuviera que vivir con un pariente en Londres o en cualquier otra población.

Pero la joven acabó por decirse que se estaba preocupando innecesariamente. Era un error sufrir por los problemas antes que éstos se presentaran.

Pese a la comodidad, el viaje era muy monótono, así que fue un alivio llegar a París. Al menos, habían hecho ya tres cuartas partes del recorrido. Una vez en Calais pudieron abandonar el tren y abordar el vapor que las llevaría a Dover.

El guía de viaje había hecho lo preciso para que les dieran el mejor camarote.

Kathy, ansiosa como estaba de moverse con más libertad, corría por toda la cubierta con tal excitación, que Jaela temía fuera a caerse al agua.

El doctor Pirelli había sugerido que llevaran una sirvienta con ellas, pero Jaela se negó.

—Papá siempre decía que los sirvientes son siempre un fastidio en los viajes largos y nunca se adaptan a otro país que no sea el suyo— alegó.

—Supongo que tenía razón, como siempre— dijo el doctor—. La verdad, no creo que Giovanna hubiera aceptado dejar Italia, ni siquiera por un corto período de tiempo. Anda en relaciones con uno de los jardineros de la Condesa.

Jaela se echó a reír.

—¡Siempre el amor cuando se trata de un italiano!

—¡Por supuesto!— exclamó el doctor Pirelli—.¿Acaso hay algo más natural?

En realidad, Jaela se sentía contenta de cuidar ella misma a Kathy. A cada hora que pasaba quería más a la niña. Kathy era muy bonita, pero además tenía un carácter muy dulce y una despierta inteligencia.

Recordaba todo lo que se le decía y era capaz de repetir, palabra por palabra, cuanto Jaela quería que recordara.

El mar estaba tranquilo y la joven hizo también ejercicio caminando con Kathy por cubierta.

En Dover las esperaban con un carruaje y, en cuanto desembarcaron, el guía de viaje se hizo cargo del equipaje. Jaela, quien nunca había viajado con tanta comodidad, tenía decidido pasar su primera noche en Inglaterra en la casa de Londres que había pertenecido a sus padres.

Era extraño pensar que ahora era suya, como también la casa de Campo y Villa Mimosa.

«Supongo que soy rica», pensó, «pero las posesiones no son tan importantes como las personas y tengo muy pocos amigos». Suponía, sin embargo, que sus vecinos del campo la recibirían de buen grado cuando volviera a Mellor Hall.

Había también en Londres un gran número de personas que habían tenido amistad íntima con sus Padres.

Pero una vez más se encontró con la barrera del luto riguroso. En tal situación, sólo podría asistir a reuniones íntimas y la gente esperaría verla envuelta en ropas negras.

No había hecho ningún intento de comprarse vestidos de luto antes de abandonar Italia. De cualquier modo, no habría tenido tiempo para hacerlo.

Por lo tanto, vestía con los suaves colores florales, que siempre habían gustado a su Padre.

«Empezaré a preocuparme por mí misma, cuando deje de preocuparme por Kathy», decidió.

No había avisado su llegada a los encargados de la casa londinense, por lo que éstos quedaron asombrados al verla aparecer, ya casi de noche.

—¡Señorita Jaela !— exclamó el viejo mayordomo—. ¡Debo estar soñando!

—No, estoy aquí realmente— rió ella—, y espero, Dawson, que usted y su esposa cuidarán de mí y la niña que viene conmigo, al menos por esta noche.

—¡Por supuesto que lo haremos, señorita Jaela! Todo lo tenemos dispuesto, por si acaso usted y el señor aparecían así de repente, como ahora.

Jaela sintió una punzada en el pecho al oír mencionar a su padre.

—Lo sentimos muchísimo— prosiguió Dawson—, cuando supimos que el Amo había muerto. Mi pobre esposa lloró toda la noche.

—Papá... no sufrió— logró decir Jaela, haciendo un esfuerzo para contener las lágrimas.

Afortunadamente, la entrada del cochero y los Lacayos con el equipaje la distrajo de tan dolorosos recuerdos.

Más tarde, después de haber oído a una llorosa señora Dawson repetir cuánto habían querido a su padre, y que las cosas nunca volverían a ser lo mismo sin él, Jaela sintió que no soportaba más.

Si avisaba a algunos de sus familiares que estaba en Londres, pensó, tendría que hablar y seguir hablando sobre los últimos días de su padre.

La agonía de la pérdida era ya bastante mala, para luego remover el cuchillo en la herida con cada palabra, con cada evocación.

Notó que la señora Dawson, aunque no dijese nada, se había sorprendido al ver que no vestía de negro, y era de suponer que sus parientes se escandalizarían por la misma causa.

Antes de ver a cualquiera de ellos tendría que ir de compras. Pero recordó que lo primero que debía hacer era llevar a Kathy junto a su padre.

Bien, ya tendría tiempo luego de pensar en sí misma.

*

Ya acostada, y mientras Kathy dormía tranquila en el dormitorio contiguo, Jaela tomó una decisión: pediría al Conde que la dejara quedarse en el Castillo unos días, tal vez una semana.

Lo haría no sólo por Kathy, sino también por sí misma. Nunca podría vivir tranquila si no estaba segura de que Kathy se había adaptado a su nuevo ambiente y era feliz. «Podría sentirse solitaria y perdida, como me siento yo en estos momentos. Es una sensación tan dolorosa...»

Sí, se repitió al quedarse dormida, debía convencer al Conde de que su presencia era esencial para la felicidad de Kathy. ¿Sería él tan insensible como para no comprenderlo?

A la mañana siguiente, recibió un telegrama. Era de Italia, así que adivinó su contenido antes de abrirlo.

La Condesa murió tranquila
esta mañana.

Lo leyó dos veces y después lo rompió.

Sería un error decirle a Kathy que su Madre había muerto cuando todavía estaban en pleno viaje. Sería mejor esperar un momento más adecuado, cuando la niña tuviera otras cosas en que pensar.

Dado que Kathy estaba muy cansada y durmió hasta muy tarde, pasaron una segunda noche en Londres.

Mientras, el guía de viaje se encargó de todos los preparativos para su viaje a Lincolnshire, donde estaba situado el Castillo Hale.

A la hora de la despedida, Jaela le dio una buena recompensa por sus servicios y le pidió que llevase al doctor Pirelli, como regalo, una cigarrera de plata que había pertenecido a su padre y tenía grabadas las iniciales de éste.

También le mandó al buen doctor una carta en la cual le manifestaba su profunda gratitud.

Luego dio instrucciones a Dawson para que por ningún motivo dijera a sus amistades ni familiares que había vuelto a Inglaterra y, por fin se vio con Kathy en el tren que las llevaría a Lincolnshire.

El guía de viaje había averiguado que existía una estación particular donde el tren se detenía para que bajaran los viajeros que iban al Castillo.

A Kathy esto la impresionó mucho.

—¡Mi papá tiene una estación para él solo!— exclamó y a cada parada se asomaba por la ventanilla preguntando si no era aquélla la estación de su padre.

Finalmente, cuando vieron el letrero indicador del Castillo Hale, quedó fascinada.

Por desgracia, el viejo empleado que atendía la estación les dijo que no había ningún vehículo para llevarlas al Castillo. Jaela había imaginado que habría algún tipo de carruaje con ese propósito, mas ahora se enteró de que no era así... ¡y que el Castillo estaba a casi diez kilómetros de distancia!

Partió el tren y ella se quedó en el andén, con Kathy al lado y mirando impotente al empleado.

—¿Qué sugiere usted que hagamos?— le preguntó.

El hombre movió la cabeza de un lado a otro.

—No lo sé, señorita.

—Pero…,¿no hay ningún vehículo, como sea, que podamos alquilar?— sugirió esperanzada Jaela.

Por fin, después de muchas preguntas al hombre, éste recordó que, ya avanzada la tarde, llegaría un granjero con mercancía que debía cargarse en el tren de la mañana, destinada a una población cercana.

—¿Dónde podemos estar hasta entonces?— preguntó Jaela y se dijo a sí misma que había sido una tonta al no prever que aquella parte de Inglaterra no estaría muy poblada.

En torno a la pequeña estación no se veía más que verdes campos y árboles que se perdían en el horizonte indefinido. Después de pensarlo un poco, el empleado las llevó a su propia casa, donde dijo que su esposa les haría una taza de té. Al menos aquello sería mejor que esperar en la estación, que sólo tenía dos duros bancos de madera bajo una escueta marquesina.

El Empleado las condujo por una pronunciada cuesta en descenso hasta una pequeña arboleda en cuyo centro estaba su casa.

Allí sólo vivían él y su esposa, una mujer regordeta y alegre que, evidentemente llevaba una vida demasiado solitaria para su gusto y se manifestó encantada de tener alguien con quien charlar.

Sirvió leche caliente a la niña y a Jaela un té muy cargado, sin dejar de hablar ni un momento.

Se mostró muy curiosa respecto a por qué iban al castillo, y fue Kathy quien se lo dijo:

—¡Voy a ver a mi papá y él me regalará un pony y un perro que serán míos, sólo míos!

—¿Tu papá?— exclamó la mujer con asombro—.¡Entonces tú debes de ser la pequeña Lady Katherine! ¡Dios mío la de veces que me he preguntado qué habría sido de ti! Después de esto, las palabras empezaron a salir de su boca como un torrente incontenible respecto a la Condesa, la niña, sus propias opiniones, los rumores que corrieron, los comentarios de la gente del contorno...

Jaela acabó por sentirse mareada de oírla. Afortunadamente no tenía nada que decir, sino limitarse a escuchar. Supo así que nadie pudo imaginarse, cuando se fue la Condesa, qué le había sucedido y por qué no volvió.

El Conde explicó que estaba enferma y había sido enviada a un clima más cálido. Paso un año, después otro... antes que todos supusieran que no regresaría nunca.

—Y entonces sucedieron cosas muy extrañas— añadió la mujer bajando la voz.

Jaela sospechó lo que le iba a contar y echó una ojeada a Kathy.

La niña, acurrucada en un sillón frente al fuego, arrullaba a su muñeca y hablaba con ella en voz baja.

Jaela supuso que no oiría el chismorreo de la mujer. A pesar de sí misma, sentía curiosidad por saber lo que había sucedido.

—Llegó al Castillo una señora muy bonita— decía la esposa del empleado—, ¡y era toda una dama de verdad! Mi esposo se enteró de que hasta el Príncipe de Gales se había interesado por ella cuando vivía en Londres.

—¿Cómo se llamaba? —preguntó Jaela. Se daba cuenta de que era un error atender a chismes, pero no podía contener el deseo de saber lo más posible del Conde.

Su interlocutora frunció el entrecejo.

—Pues ahora que lo dice…,era Lady…, Lady… algo, ya no lo recuerdo. Pero, ¿sabe usted lo que sucedió?

Y prosiguió contando que la dama en cuestión se hospedaba con frecuencia en el Castillo.

La veía cabalgar con el Conde y todos esperaban que, tarde o temprano, acabaran casándose.

—Su Señoría hubiera podido pedir el divorcio. Como hacía mucho que la Condesa se había ido, decían que no tendría problema ninguno en obtenerlo.

Jaela sabía lo que había pasado, pero, por supuesto, no comentó nada al respecto.

—Y de pronto…¡la dama desapareció!— proseguía la esposa del empleado casi en susurro—. Mi Sobrina, que es una de las doncellas del Castillo, dice que un día estaba allí… ¡y al siguiente ya no estaba! Fue como si se hubiera desvanecido en el aire. Toda su ropa, sus joyas, cuanto poseía, se encontró intacto en su dormitorio.

—Pero, ¿cómo pudo desaparecer de ese modo? —preguntó Jaela.

—Nadie lo sabe, señorita. Buscaron por todos los alrededores, en los bosques, dragaron el Lago, pero nunca se volvió a saber nada de ella ni se encontró rastro alguno.

—¡De verdad es extraordinario!— reconoció Jaela.

Su interlocutora no tenía ningún otro detalle útil que agregar y se limitó a repetir una y otra vez lo que ya había dicho. Por lo tanto, fue un alivio cuando, poco después de las seis, el encargado de la estación apareció con la noticia de que había llegado el granjero con su carreta.

—Las llevará en ella al Castillo, señorita— dijo a Jaela—, , aunque significa mucho desvío para él.

Jaela dedujo por estas palabras que el granjero esperaba una buena paga y se apresuró a decir:

—Le estoy muy agradecida y lo compensaré por la molestia que va a tomarse.

El empleado se marchó satisfecho y volvió un poco después para decir que ya habían subido el equipaje a la carreta y el granjero insistía en que partieran sin demora.

Jaela dio las gracias a la mujer efusivamente, y con mucho tacto, le pidió que se comprara algún pequeño regalo como recuerdo de las horas placenteras que habían pasado en su casa.

Al principio la mujer rechazó la idea, pero como Jaela insistiera, se metió con rapidez las guineas de oro en el bolsillo de su delantal.

Kathy se mostró al principio muy contenta de ir en el duro asiento de la carreta, entre el granjero y Jaela. Sin embargo, cuando al fin el Castillo apareció a la vista, iba ya casi dormida.

Jaela se dijo que ella misma se sentiría somnolienta si no estuviera tan asustada y molesta por llegar tan tarde.

El granjero era un hombre taciturno y viejo, que no tenía interés en hablar y se concentró en conducir la carreta. Fue un alivio para Jaela aquel silencio, tras el parloteo incesante de la esposa del empleado de la estación.

Cuando enfilaron el largo sendero de entrada al Castillo bordeado por frondosos robles, la joven se animó al ver que había luces en las ventanas del imponente edificio, en cuya Torre más alta ondeaba el estandarte condal.

Al detenerse la carreta frente a la escalinata de piedra que conducía a la gran puerta principal, se abrió ésta y un lacayo de librea se asomó con expresión de sorpresa.

Jaela se apeó sin que nadie la ayudara y después bajó a Kathy.

Tenía ya en la mano tres soberanos que dio al granjero al tiempo que le agradecía su amabilidad.

Cuando el lacayo llegó al pie de la escalinata, el granjero se dirigió a él alzando la voz:

—¡Tienes que bajar el equipaje que viene atrás, muchacho!¡Mi caballo y yo estamos impacientes por seguir el camino!

El Lacayo pareció sorprendido.

—Tal vez sea mejor que pida a alguien que le ayude— sugirió Jaela—. Traemos bastante equipaje.

Al decir esto vio que otro lacayo y el mayordomo habían aparecido en lo alto de la escalinata.

Tomó a Kathy de la mano y fue hacia ellos.

—Buenas noches, señorita— la saludó el mayordomo con un perceptible tono de interrogación.

—¿Está en casa el Conde Halesworth?— preguntó Jaela. Hasta entonces no se le había ocurrido que el Conde podía no estar en el Castillo, lo cual la pondría en una situación muy difícil.

—Su Señoría está en casa, señorita— contestó el mayordomo—, pero no me ha comunicado que esperase visitantes.

—¿Puede usted informar a Su Señoría de que necesito verlo por un asunto de suma importancia?

Al decir esto, Jaela franqueó la puerta y entró en el vestíbulo, llevando de la mano a Kathy. Advirtiendo que el mayordomo miraba a la niña sorprendido, añadió:

—Es Lady Katherine Worth.

El Mayordomo contuvo la respiración por el asombro.

—¡Cómo se parece a la señora Condesa!— exclamó cual si hablara para sí, mas al instante recordó sus deberes e indicó:

—Por aquí, si tienen la bondad.

Y las condujo a una habitación donde ardía un buen fuego. Jaela llevó a Kathy ante la chimenea para que se calentase, pues sin duda había pasado frío encaramada en la carreta. Una vez que hubo sentado a Kathy en un sillón ante el fuego, la joven advirtió que el mayordomo seguía en la habitación, detrás de ella, con una expresión indecisa en la cara.

—Por favor, informe a Su Señoría de que estamos aquí, le pidió—. Pero... tal vez sea mejor que sea yo quien le diga que traigo a su hija.

—Sí, será mucho mejor, señorita— aprobó el mayordomo en seguida y se dirigió a la puerta. Al llegar a ella se volvió para decir:

—Avisaré a Su Señoría, como usted ha sugerido antes, que tiene algo de la máxima importancia que comunicarle.— y sin esperar respuesta, salió y cerró la puerta.

Jaela se quedó con la molesta impresión de que estaba demasiado asustado para decirle al Conde la verdad.

Capítulo 3

JAELA se sentó cerca del fuego.

Kathy estaba muy silenciosa y, sin duda, muy cansada. Tenía abrazada a la muñeca contra el pecho y observaba sin moverse los leños encendidos.

A Jaela le parecía como si estuviera en un teatro y el telón fuera a levantarse, sin que ella supiera muy bien lo que iba a ver.

Después de aquel largo viaje, cuando ellas estaban tan cansadas, era posible que el Conde se mostrara difícil.

Se abrió la puerta y ella volvió la mirada, temerosa, pero fue el mayordomo quien entró.

—Su Señoría se está vistiendo para la cena, pero le he dado su mensaje y dice que bajará más tarde— comunicó a la joven—. Su Señoría sugería que volviera usted mañana, pero le he dicho que eso era imposible.

—Gracias— contestó Jaela con una sonrisa.

—Como tendrán que esperar bastante tiempo, ¿puedo traerles algo a la niña y a usted?

—No, gracias... Nos atendió la esposa del encargado de la estación.

El mayordomo lanzó una exclamación.

—¡Ah!, con razón han llegado en la carreta del granjero Fielding.

—No había otro medio de transporte— dijo Jaela—. Fue una tontería por mi parte no tenerlo en cuenta.

El mayordomo no comentó nada al respecto, puso dos leños más en el fuego y salió de la habitación.

Poco después, Jaela advirtió que Kathy se había quedado profundamente dormida.

Le quitó el sombrero a la niña y el rubio cabello de ésta se esparció sobre el cojín de seda en que tenía apoyada la cabeza.

Viéndola tan bonita, Jaela pensó que cualquier hombre que no se sintiera complacido de tener una hija así debía de tener el corazón de piedra.

Pasaba el tiempo.

Jaela miraba con frecuencia el reloj que había sobre la chimenea. Cada minuto se le hacía una hora.

Al fin se abrió la puerta y ella se puso en pie con sobresalto.

El Conde acababa de entrar en la estancia.

Jaela esperaba que fuera un hombre imponente, pero con su traje de etiqueta tenía un aspecto magnífico.

Lo que no esperaba era que fuese tan joven ni tan apuesto. Después, cuando se acercó a ella, pudo observar el rictus sardónico que endurecía su expresión.

No había nada amable en sus ojos cuando la miró.

—¿Quería usted verme?— preguntó en tono arrogante—. Me han comunicado que era un asunto de gran urgencia.

Jaela le hizo una ligera reverencia.

—Así es, Señoría— dijo con voz clara—. Le traigo a su hija de regreso a casa.

Al decir esto indicó a Kathy con la mano.

El Conde volvió la cabeza y, al ver a la niña, se puso rígido. Aunque no dijo nada en el primer momento, Jaela percibió la ira que emanaba de él.

Después Su Señoría preguntó bruscamente:

—¿Con autorización de quién fue enviada esta niña aquí?

—Se la traigo desde Italia, Señoría.

—¡Pues ya puede volverse allí con ella! ¡Y diga a su madre que es demasiado tarde para que reconozca a esta niña como hija mía!

El Conde, tras espetarle esto a Jaela se dio la vuelta para marcharse.

Ella se apresuró a decir:

—Me temo, Señoría, que eso es imposible.

Él se volvió a mirarla.

—¿Por qué?

—Porque la Condesa ha muerto.

—¿Muerta...?— exclamó el Conde con voz sorda.

Sin duda era algo con lo que no contaba. Rehaciéndose, preguntó con la misma sequedad de antes—. ¿De qué murió?

—Tenía los pulmones infectados— explicó Jaela—, y no hubo manera de salvarla.

El Conde se acercó al sillón en que dormía Kathy y fijó la mirada en ella.

—¿Y... el hombre con quien estaba?— siguió preguntando.

—Tengo entendido que ha vuelto al lado de su esposa y sus hijos.

Jaela observó que el Conde apretaba los labios con fuerza. Después se volvió a mirarla y inquirió con tono desdeñoso:

—¿Y qué pinta usted en esta situación abominable?

Como si alguien se lo estuviera diciendo al oído, Jaela supo al instante lo que debía contestar. Si decía que era una amiga de la Condesa, sin duda aquel hombre irascible la despediría en el acto. Entonces no podría cuidar de Kathy, tal como había prometido a la Condesa que lo haría.

Con una voz que casi no le pareció suya, repuso:

—Soy... soy la institutriz de Kathy.

—¿Y ha traído aquí a la niña por encargo de su madre?

—Fue el médico de la Señora Condesa quien me pidió que me llevara a Kathy porque temía que se le contagiara la enfermedad. Pero, lamentablemente, a los pocos días murió su... la Señora Condesa.

Jaela había estado a punto de decir «*su esposa*» y le pareció que el hombre se dio cuenta.

—Así que es usted la institutriz...— dijo él con tono reflexivo, después de una breve pausa—. ¿Está dispuesta a quedarse aquí con la niña?

—Es lo que me gustaría hacer, Señoría— contestó Jaela—. Kathy llevaba una vida muy solitaria en Italia y, desde luego, ahora todo en Inglaterra resultará extraño para ella.

—Muy bien— decidió el Conde—, se quedará usted en el Castillo. Ya hablaremos mañana de las condiciones.

Y después de dirigir otra mirada a Kathy, salió de la estancia.

Como dejó abierta la puerta, Jaela le oyó dando órdenes en el vestíbulo.

Quedó a la espera y unos minutos más tarde apareció una mujer casi anciana, vestida de crujiente seda negra y con un redondo llavero de plata pendiente de la cintura.

—¿Cómo está usted, Señorita?— saludó a Jaela—. Cuando me han dicho que trae usted a Lady Katherine, casi me desmayo de la impresión.

Mientras estrechaba la mano de Jaela se volvió hacia el sillón y, al ver a Kathy, dijo:

—¡Es la viva imagen de su madre! La habría reconocido en cualquier parte. ¡Y la pobrecita está muerta de cansancio, seguro!

—Venimos de muy lejos— dijo Jaela, pues había pensado que sería un error explicar que habían estado en Londres, pues en ese caso le preguntarían dónde se habían hospedado y con quién.

Aunque pretendía hacerse pasar por institutriz, no creía necesario cambiarse de nombre.

Kathy la llamaba ya «señorita Compton», y éste era un apellido bastante corriente en Inglaterra. No había razón, por tanto, para que nadie la relacionara con su famoso padre.

El ama de llaves llamó a un lacayo para que subiese a Kathy a su dormitorio.

Cuando el sirviente la tomó en brazos, la niña emitió un leve murmullo y abrió los ojos, pero al momento volvió a cerrarlos, deseosa de volver a sus sueños.

El ama de Llaves abrió la marcha y el lacayo la siguió con Kathy en brazos.

Jaela, con el sombrero de la niña en la mano, fue tras ellos. Cuando llegaron a lo alto de la escalera, el ama de llaves dijo:

—Las habitaciones de los niños están igual que cuando la señora Condesa se marchó. Le parecerá extraño que estén en el primer piso, pero la señora, que Dios tenga en la gloria, quería tener a la nena cerca de ella.

Giraron a la izquierda por un corredor en medio del cual el ama de llaves abrió una puerta.

Una doncella estaba encendiendo las lámparas de gas en una de las habitaciones infantiles más bonitas que Jaela había visto en su vida.

Esto no le sorprendió, al recordar lo hermosa que era la Villa que habitaba la Condesa en Italia. Aquellas estancias blancas, con sus magníficos cuadros, debían de reflejar el gusto de la Condesa tanto como el de su amante.

Las habitaciones en que Kathy había vivido de chiquitita estaban pintadas de un rosa claro y las floreadas cortinas eran de colores muy alegres.

Había un biombo cubierto con tarjetas de Navidad que seguramente habían sido hechas por la propia Condesa.

El lacayo cruzó la sala de juegos y entró en el dormitorio contiguo.

Jaela lo siguió y vio que también éste era muy bonito. En un rincón había una cuna con dosel que resultaba ya muy pequeña para Kathy. Afortunadamente, había también una cama individual que debía de haber ocupado en tiempos su niñera. El lacayo tendió a la niña con mucho cuidado en la cama y ella continuó durmiendo plácidamente.

—Gracias, James— dijo el ama de llaves—. Ahora encárguese de que el equipaje sea subido lo antes posible.

—En seguida, señora Hudson.

—Ahora le mostraré dónde va a dormir usted— se dirigió el ama de llaves a Jaela—, pero... creo que no me ha dicho usted su nombre.

—Soy la señorita Compton, Jaela Compton.

—Bien, creo que estará usted cómoda, señorita Compton, pero si desea algo, sólo tiene que pedírmelo.

—Gracias.

—Supongo que le apetecerá algo de comer. Le diré al cocinero que prepare una buena comida, aunque supongo que la pequeña Lady Katherine está demasiado cansada para comer nada esta noche.

—Yo también lo creo así. Ha sido un viaje muy largo para una niña tan pequeña.

—¡Casi no puedo creer que estén ustedes aquí!— exclamó la señora Hudson—. Todos nos hemos preguntado cientos de veces, qué habría sido de la señora Condesa y a la pequeña Lady Katherine...

—A ella le gusta que la llamen Kathy— explicó Jaela.

—¡Me parece un bonito nombre! Y ella, si sale a su Madre, será bella como un cuadro.

—Ya lo es— sonrió Jaela.

Mientras ellas hablaban, dos lacayos empezaron a entrar el equipaje en el dormitorio de Jaela.

Ocupaba demasiado espacio, por lo que la señora Hudson ordenó que algunos de los baúles fueran dejados en el corredor.

—Elsie le ayudará a sacar lo que vaya a necesitar usted esta noche.

Pasó algún tiempo antes que el camisón y las demás cosas que Jaela necesitaba fueran localizadas por la doncella. Mientras tanto, la joven desvistió a Kathy, que estaba demasiado somnolienta para saber lo que le sucedía. Elsie se ofreció a ayudarla, pero Jaela quería atender ella misma a la niña.

Dos horas más tarde echó una última mirada a Kathy, antes de irse ella misma a la cama. En términos generales, pensó, las cosas estaban saliendo mejor de lo que esperaba. Al menos, no las habían arrojado de allí, aunque sin duda fue ésta la primera intención del Conde cuando supo quién era Kathy.

Ahora había aceptado a la niña y ella se encargaría de conquistarlo, como conquistaba a cuantos la conocían.

Cuando se metió en la cama, Jaela envió un ruego a la Condesa para que donde quiera que se encontrara, las ayudase por el bien de su hija.

Iba a necesitar mucha ayuda, pensó, porque debía admitir que, en el fondo, el Conde le daba miedo.

«Pero... todo me parecerá mejor por la mañana», se dijo para no desanimarse, antes de que el sueño la venciera.

*

Kathy despertó a las siete en punto.

Jaela había dejado las puertas abiertas, por si se despertaba a media noche y se asustaba al encontrarse en un lugar extraño.

Ahora entró corriendo en el dormitorio de la joven, todavía en camisón.

—¡Estamos en el Castillo, señorita Compton!— exclamó—. ¡Qué emocionante!¿Verdad?

—A mí también me lo parece. Debemos explorarlo, a ver qué encontramos.

—¡Sí, sí, vamos ahora mismo!

—Será mejor que nos vistamos primero— contuvo Jaela a la niña—. Y también querrás desayunar antes, ¿no?

—Es verdad. ¡Tengo hambre, mucha hambre! Como no cené anoche...

—Así es, pero podrás desquitarte hoy.

Jaela hizo sonar el llamador y Elsie entró inmediatamente. Fue ella quien lavó y vistió a Kathy, mientras Jaela hacía lo mismo por su cuenta.

Ya estaban listas cuando los lacayos subieron el desayuno. Era un verdadero desayuno inglés, con papilla de cereales, huevos y tocino ahumado, pan recién hecho, tostadas, mermelada y miel.

A Kathy no le gustaban las papillas, pero Jaela se las preparó con crema de azúcar, como recordaba que se las hacía siempre su niñera.

Kathy se las comió entonces y después dijo que también los huevos y el tocino estaban deliciosos.

Comió por fin una buena rebanada de pan con mantequilla y miel y enseguida dijo:

—Ya me siento mejor, señorita Compton.¡Vamos a explorar el Castillo!

—Creo que primero debes conocer a tu padre— objetó Jaela.

—¡Ah, sí, y le pediré mi pony!— accedió Kathy de inmediato.

Jaela prefirió no comentar nada al respecto. Se limitó a coger a Kathy de la mano y bajar con ella la escalera. Había en el vestíbulo un lacayo de servicio al cual preguntó:

—¿Dónde puedo encontrar a Su Señoría?

—Está en el comedor desayunando, señorita.

En aquel momento apareció el mayordomo, quién, según le había dicho Elsie a Jaela se apellidaba Whitlock.

—¿Desea usted ver a Su Señoría, señorita Compton?— preguntó.

—En efecto— repuso la joven—. Lady Katherine debe conocer a su padre.

El mayordomo asintió gravemente. Sin duda comprendía que aquél era un momento importante.

Las guió por un pasillo y abrió una puerta, que estaba protegida de las corrientes de aire por un biombo.

A Jaela se le ocurrió que la niña debía entrar sola, por lo que la empujó suavemente mientras ella se quedaba detrás del biombo.

Con su vestido blanco y su lazo azul a la cintura, Kathy parecía sacada de un Cuento de Hadas. Ningún hombre podía desear una hija más linda que ella.

Como había sido criada en Italia, Kathy no era tímida y entró con desenvoltura en el comedor donde el Conde desayunaba entretanto leía el diario colocado en un atril de plata frente a él.

Kathy había dado sólo unos cuantos pasos hacia la mesa, cuando por debajo de ésta surgieron tres perros spaniel. Dos de ellos movieron la cola alegremente, mientras el tercero lanzaba un gruñido amenazador.

—¡Cuidado!— ordenó el Conde en tono vivo, mas era ya demasiado tarde.

Kathy, en cuanto vio a los perros, lanzó un grito de alegría:

—¡Perros, perritos...! ¡Yo... quiero uno!

Se puso de rodillas y abrazó a los dos primeros spaniels, que movían la cola llenos de contento y le lamían la cara. El tercero, como si no quisiera verse relegado, se acercó también y ella le dio unas palmaditas diciendo:

—¡Son preciosos, los perros más preciosos que he visto en mi vida! ¡Oh, papá, por favor!, ¿puedo tener uno que sea sólo mío?

El Conde, que la estaba observando sorprendido, dijo:

—Creo que primero deberías darme los buenos días.

Kathy se echó a reír.

—Los perros me han dado los buenos días primero papá, y no me han dejado tiempo para hacerte una reverencia como la señorita Compton me dijo que debía hacerlo. Entonces se inclinó ante su Padre y después levantó la carita para que la besara. Por un momento el Conde titubeó, pero al fin sus labios rozaron levemente la mejilla de la niña.

—Ahora que ya te he dado los buenos días— dijo Kathy—, ¿puedes regalarme un pony que sea sólo mío, papá?

—¿Eso es lo que esperas que te regale?— preguntó el Conde.

—La señorita Compton me dijo que tú deberías de tener muchos caballos y estaba segura de que habría espacio en tus caballerizas para un pony.

—Y, al parecer, también quieres un perro.

Kathy lanzó un profundo suspiro.

—Llevo mucho tiempo queriendo tener un perro, tío Diego decía que sería una gran molestia en la Villa.

Jaela, que estaba escuchando, contuvo la respiración. No se le había ocurrido decir a la niña que no mencionara al Conde italiano con quien había estado viviendo ella y su madre.

Tras la tensa pausa, el Conde dijo:

—Tendrás un perro, y como ya están bien entrenados, creo que podrías quedarte con uno de los míos.

—¿Uno de los que tienes aquí? ¡Oh, papá, eso sería estupendo! Yo le explicaré que es mío y debe dormir al pie de mi cama.

—¿Cuál quieres?— preguntó el Conde.

Kathy se arrodilló en el suelo y volvió a acariciar a los perros, que se prestaban a ello muy gustosos.

Por fin la niña escogió al más pequeño de los tres, un spaniel muy bonito y bien educado.

—Por favor, papá, ¿me puedo quedar con éste?— preguntó.

—Si es el que quieres... Se llama Rufus— le contestó su padre.

Kathy rodeó al perro con sus bracitos.

—Te quiero, Rufus— dijo—.¡Y ahora eres mío, sólo mío!

Se levantó de un saltó y exclamó:

—¡Gracias, gracias, papá! Eres muy bueno y quiero darte un beso.

El Conde inclinó la cabeza y Kathy le echó los brazos al cuello.

Cuando lo soltó, él, que parecía un poco turbado, preguntó:

—¿Y ahora qué quieres hacer?

—Tal vez no esté bien, cuando me acabas de hacer un regalo, pedirte otro, pero... ¡deseo tanto un pony... !

El Conde se echó a reír.

—¡Ya veo que es sólo cuestión de tiempo que empieces a pedir joyas!

Kathy no entendió lo que esto quería decir, mas no se preocupó de ello y sugirió:

—Si vamos a buscar, ¿mi pony puedo decirle a la señorita Compton que me ponga el abrigo y el sombrero?

—Es posible que necesites un abrigo, pero no hay necesidad de que te pongas sombrero aquí en el Campo. Será mejor que digas a tu Institutriz que venga también. No quiero que corras riesgos con los caballos cuando no esté yo presente.

—¡Se lo diré, se lo diré!

Kathy, llena de excitación, echó a correr hacía la puerta. Jaela apenas tuvo tiempo de retroceder hacía el pasillo. Kathy se abrazó a sus piernas.

—Quiero mi abrigo, señorita Compton. Papá dice que debe usted venir a ver mi pony, ¡mi pony, el que voy a tener para mí solita!

Jaela le sonreía.

—Bien, vamos a pedir que traigan tu abrigo.

Whitlock ordenó a un Lacayo que fuese a buscar a Elsie para que ésta le diera los abrigos de la niña y de Jaela.

Unos minutos más tarde, el Lacayo volvió con ellos. Jaela estaba abotonándole a la niña su bonito abrigo azul con trencilla blanca, cuando el Conde salió al vestíbulo y saludó:

—Buenos días, señorita Compton.

Ella le hizo una reverencia.

—Buenos días, Señoría.

—Mi hija me ha dicho que quiere tener un pony y que eso fue idea suya.

Cohibida, Jaela se excusó:

—Casi no piensa en otra cosa desde que partimos hacia Inglaterra, Señoría.

—¿La niña ha montado ya?

—Sí.... creo que sí.

—Entonces, ¿no lleva usted mucho tiempo con ella?

—No, Señoría.

El Conde había sido seguido por sus perros.

Kathy llamó a Rufus y, seguida por él, salió corriendo por la puerta principal y bajó la escalinata.

El Conde y Jaela fueron tras ella.

Kathy corría a través del patio con el perro. Después se detuvo y lo abrazó. Estaba muy bonita con el sol haciendo brillar su rubio cabello. Jaela miró de reojo al Conde, tratando de adivinar lo que pensaba.

Él habló con un tono sorprendentemente brusco:

—Voy a llevarla a la caballeriza, señorita Compton, para que se asegure usted de que Katherine no se porta con los caballos de la misma forma que lo está haciendo con mis perros. Es evidente que no tiene miedo a los animales, pero sería erróneo permitirle que corra riesgos con ellos.

—Lo comprendo, Señoría— dijo Jaela—, pero Kathy es inglesa y los ingleses tienen un dominio sobre los animales que los extranjeros no comprenden.

—¿Qué quiere usted decir con eso?— preguntó el Conde con cierta ironía.

—Supongo que se debe a que los aman— contestó Jaela—. La mayor parte de los ingleses montan bien y tienen perros obedientes, algo que no se encuentra con frecuencia en otros países europeos, a excepción de Hungría.

El Conde la miró sorprendido.

Sólo entonces se percató ella de que tal vez no había hablado como lo hubiera hecho una verdadera Institutriz.

—¿Debo deducir por lo que dice que también sabe usted montar?— preguntó el Conde.

Jaela rió.

—Llevo montando desde que tenía tres años, Señoría. Espero que me permita cabalgar junto con Kathy, para llevar su caballo de la rienda.

Pensó, tras decir esto, que tal vez había sido un poco presuntuosa.

El Conde podía contestar que preferiría que uno de sus caballerangos se encargara de ello.

Él, sin responder, se encaminó hacia la caballeriza. Kathy, al ver la dirección que habían tomado, los siguió. Cuando pasaron bajo el arco de piedra que daba entrada al patio de la caballeriza, la niña corrió hacia su padre y se cogió de su mano.

—¿Tienes realmente un pony en tus establos, papá?— preguntó—. La señorita Compton me dijo que no debía sentirme desilusionada si tú sólo tenías caballos demasiado grandes para mí.

—Pues sucede que tengo un pony— repuso el Conde—. Lo compré hace dos años para un primo tuyo, un niño llamado Ian, que vino a pasar la Navidad aquí con sus padres.

—¿Y no dejaste que se lo llevara cuando se fue?

—Si lo hubiera hecho, ahora no habría aquí un pony para ti.

—Tienes razón, papá. ¡Me alegra mucho que te quedaras con él!

El Conde alzó la voz para saludar al Jefe de sus Caballerangos.

—¡Buenos días, Pearson!

—¡Buenos días, Señoría! Ya tengo listo a Trueno como me ordenó.

—Antes de salir a cabalgar— dijo el Conde—, quiero ver el pony que compramos hace dos años. Lady Katherine quiere montarlo.

Pearson se tocó la frente a manera de saludo.

—Buenos días, Señorita— dijo a Kathy—. Me alegra que esté otra vez con nosotros.

—¡Si tiene usted un pony para mí, quiero montarlo ahora mismo!— pidió Kathy.

—Le vendrá bien que lo haga, Señorita. Bola de Nieve se está poniendo muy gordo por falta de ejercicio.

—¿Se llama Bola de Nieve?— preguntó encantada Kathy.

—Así es; lo haré traer ahora mismo.

Pearson llamó a un mozo que atravesó corriendo el patio.

—Venga a ver mis caballos— dijo el Conde a Jaela y ella lo siguió a los establos.

Esperaba que los caballos del Conde fueran magníficos, mas pronto vio que eran insuperables, los más finos pura sangre que había visto en su vida.

Impresionada, se olvidó del Conde y de Kathy mientras iba de una casilla a otra.

Si hubiera tenido que describir aquellos soberbios animales, pensó, se le habrían agotado los adjetivos.

De pronto oyó a Kathy lanzar un grito de emoción y salió corriendo al patio, adonde habían sacado al pony para su inspección.

Cuando la joven llegó al lado de la niña, el Conde dijo en tono agudo:

—Parece haber olvidado ya lo que le he dicho, señorita Compton. La forma en que Katherine se porta haría que cualquier caballo la coceara.

—Lo siento, Señoría— dijo Jaela—. Me he distraído viendo sus magníficos caballos.

El Conde no pareció satisfecho con la explicación. Seguía frunciendo el entrecejo cuando levantó a Kathy y la puso en la silla del pony.

El nombre de Bola de Nieve era muy adecuado para el caballito, que era completamente blanco.

—Por favor, papá, ¿puedo ir a cabalgar en Bola de Nieve?

—No estás vestida para montar señaló el Conde—, pero el Caballerango te puede llevar por un pequeño trecho del sendero.

—¡Pero yo quiero cabalgar!— dijo Kathy.

—No puedes hacerlo hasta que yo esté seguro de que sabes montar bien— opuso el Conde con firmeza.

Kathy indicó que estaba lista al joven caballerango que sujetaba el pony, y salieron del patio.

—¡Estoy cabalgando, estoy cabalgando!— gritaba la niña llena de excitación.

—Vaya con ella— ordenó el Conde a Jaela—. Hoy sólo montará unos momentos, con el caballerango tirando del caballo. Mañana, cuando esté vestida de forma adecuada, y si considero que no hay peligro, permitiré que vaya con usted a caballo.

—¡Gracias, Señoría!— exclamó Jaela, pero ya el Conde se había dado la vuelta para montar a Trueno, que los mozos habían sacado al patio.

Los tres spaniels esperaban para ir con él.

En aquel momento Kathy volvió la mirada y los vio.

—¡Rufus! ¡Rufus!— gritó.

El perrito titubeó, pero como Kathy volviera a llamarlo, salió detrás de ella.

Jaela decidió hacer lo mismo y enfiló el sendero mientras pensaba que la niña había salvado con habilidad los primeros obstáculos.

Si todo continuaba tan bien como hasta entonces, pronto estaría en libertad de pensar en sí misma y en su futuro... Pero al observar a Kathy, que hablaba y reía muy emocionada con el caballerango, advirtió que no tenía deseos de dejar a la niña por el momento.

Parecía absurdo, cuando llevaba tan poco tiempo tratándola, pero no había duda de que quería a Kathy y ésta se había encariñado también con ella.

Más tarde, mientras devolvían el pony a la caballeriza, Jaela llevó a la niña al jardín.

—¿Va usted a montar conmigo mañana, señorita Compton?— preguntó Kathy—. Eso me gustará mucho..., pero no tendrá que llevarme de las riendas mucho tiempo, ¿verdad?

—Ya has oído a tu padre— le recordó Jaela—. Tendrás que montar muy bien antes de que te permita cabalgar sola.

—¡Si monto ya muy bien!— protestó Kathy—. ¡Tío Diego me lo dijo!

—Creo, Kathy— dijo Jaela en voz baja—, que es un error que hables del Tío Diego ahora que estás en el Castillo.

—¿Por qué?— preguntó Kathy.

Jaela titubeó, mas decidió que era mejor ser franca.

—A tu papá no le agrada tu tío Diego.

—¿Y por qué no?

Jaela decidió interrumpir el paseo y llevó a la niña hasta un banco de madera.

—Vamos a sentarnos, Kathy— dijo—. Quiero hablar contigo un momento.

Cuando estuvieron sentadas, añadió:

—Quiero que me prometas no hablar de tío Diego y no decir mucho sobre Italia.

—¿No le gusta Italia a mi papá?

—Tú papá se puso muy triste porque te fuiste con tu mamá a vivir en Italia y él se quedó solo. Ahora que estás aquí con él, debes recordar que eres inglesa y que el Castillo es tu hogar. Olvida la Villa y todas las cosas que sucedieron allí con tu mamá.

—¡Pero yo quiero a mi mamá!

—Claro que la quieres y la recordarás siempre en tus oraciones.

—Cuando mamá se ponga bien, ¿volveré a Italia con ella?

Jaela titubeó un momento, dudando si debía decirle o no la verdad. Después, temiendo que pudiera enterarse por la indiscreción de algún sirviente, repuso:

—Quiero que seas muy valerosa, Kathy, porque debo decirte que tu mamá ahora está en el Cielo y allí es feliz.

—¿Está con los Ángeles?

—Sí, con los Ángeles, y está pensando siempre en ti, porque te quiere mucho y desea que seas feliz aquí con tu padre.

—Si mamá está con los ángeles— dijo Kathy lentamente—, entonces..., ¿ha muerto?

—Sí, Kathy— dijo Jaela con suavidad—, pero tú debes pensar en ella tal como está ahora en el Cielo, feliz sin ningún dolor, rodeada de todas las cosas bellas, como las flores, el sol y la música que aprendió a amar en la tierra.

Se hizo el silencio mientras Kathy pensaba en estas palabras. Luego dijo:

—¡Quiero a mi mamá! ¡Quiero estar con ella, aunque no pueda tocarla!

—Lo que debes recordar es que tu mamá está contigo, aunque no puedas verla. Por la noche, cuando estés ya en la cama, si piensas en ella estará allí contigo, cuidándote y te dirá lo que debes hacer para ser feliz y buena con otras personas.

—¿Estará realmente aquí conmigo, en el Castillo?— preguntó Kathy.

—Sí, lo estará— afirmó Jaela.

—Entonces, voy a hablar con ella esta misma noche.

—Si lo haces, descubrirás que ella te contesta. Pero la oirás con el corazón, no con los oídos.

—¿Sí? ¡Qué gracioso!— exclamó Kathy.

Rufus puso sus patas delanteras en el asiento para atraer la atención de la niña, que preguntó:

—¿Puedo correr con Rufus por el prado?

—Sí, claro que puedes. Vamos a ver quién corre más aprisa; él o tú.

Kathy llamó al perro y echó a correr con toda la rapidez que le permitían sus piernecitas.

Jaela lanzó un profundo suspiro. Había tenido mucho miedo de decir a Kathy que su madre había muerto, pero la cosa había sido más fácil de lo que esperaba.

Era una suerte que la niña tuviera tantas cosas nuevas y emocionantes para absorber su atención por el momento. Así no sentiría el doloroso vacío que ella misma sentía cada vez que pensaba en sus padres.

Estaba segura de que éstos se habrían sentido muy divertidos con la idea de que fingiera ser una institutriz, cuando tenía su propia fortuna para vivir con desahogo.

Poseía, además, dos casas en Inglaterra y la Villa en Italia. «Tan pronto como Kathy se sienta realmente a gusto aquí, pensó, «volveré a Londres».

Pero enseguida recordó las lágrimas que la señora Dawson había derramado. La aterraba enfrentarse a las condolencias y la compasión de sus parientes.

«Ellos nunca creerán como yo, que mis padres están vivos y cerca de mí», pensó mientras caminaba en seguimiento de Kathy.

«Yo sé que están aquí, guiándome, y sé que fueron ustedes quienes me inspiraron la idea de fingirme Institutriz... Por cierto, el Conde me interrogará sobre lo que enseño a Kathy, y con toda seguridad va a decir que está mal».

Mientras sonreía para sí, continuó hablando mentalmente con su padre;

«¿Qué piensas de él, papá? Comprendo que la Condesa lo considerase un hombre difícil, si se pasaba la vida buscándole defectos como hace conmigo».

Se echó a reír sin poder contenerse, en tanto pensaba;

«Desde luego, puedo presentarle mi renuncia..., ¡y él no podría hacer nada el respecto!»

Entonces vio que Kathy corría de nuevo hacia ella y volvió a pensar que, al menos por un tiempo, no tenía deseos de irse del Castillo.

Kathy llegó a su lado y le rodeó la cintura con sus bracitos.

—¡Puedo correr tan aprisa como Rufus, señorita Compton!— exclamó—.¡Y eso que él corre mucho, mucho!¡Mire cómo jadea!¡Pobrecito...!

Capítulo 4

JAELA, tras tomar una excelente cena, se encontraba leyendo junto al fuego en la sección infantil del Castillo, cuando la señora Hudson entró en la habitación.

—Vengo a ver si tiene usted todo lo que necesita, señorita Compton.

—Todo, gracias— contestó Jaela—. Son ustedes muy atentos conmigo.

La señora Hudson se sentó en un sillón frente a ella.

—La verdad— dijo—, es un placer tener a alguien joven aquí. Eso nos alegra a todos el corazón.

—Y a mí me alegra mucho.

—Por supuesto, los amigos de Su Señoría vienen aquí de vez en cuando— dijo la señora Hudson—, pero desde la tragedia, casi siempre son matrimonios..., señoras con sus respectivos esposos.

Jaela la miró sorprendida y la señora Hudson agregó:

—Pero, ¿qué otra cosa puede una esperar, si Su Señoría es un caballero tan apuesto y tan rico?

Hubo una leve pausa. Después Jaela preguntó:

—¿Quiere usted decir que las mujeres se sienten atraídas por Su Señoría?

—¡Claro que sí! ¡No podría ser de otra manera! Fue una terrible impresión cuando la señora Condesa se fue, tan poco tiempo después de la boda.

Naturalmente, comprendimos, aunque Su Señoría nunca dijo nada, que se había ido con ese..., ¡ese italiano!

El ama de llaves dijo las últimas palabras con tanto menosprecio, que Jaela estuvo a punto de echarse a reír.

Era típicamente inglés, pensó, desconfiar de los extranjeros y hablar de ellos como si fueran seres inferiores.

Un poco titubeante, dijo:

—La mujer del encargado de la estación me contó lo de la tragedia.

—¡Esa mujer es una parlanchina sin remedio! Pero sí, fue una verdadera tragedia y no se puede evitar que la gente hable de ello.

—¿Qué fue lo que sucedió realmente?

Jaela se daba cuenta de que no debía hacer esta pregunta; mas era imposible no sentir curiosidad, después de lo que el doctor Pirelli le había dicho y confirmado la mujer del Encargado de la estación.

La señora Hudson se acomodó en el sillón. Era evidente que le causaba placer compartir lo que sabía.

—Lady Anstey— empezó a contar—, era una gran belleza, de eso no hay la menor duda. Cuando terminó el luto por su esposo, que era militar y murió en Oriente, se convirtió en la comidilla de Londres.

Jaela reparó en aquel nombre que oía por primera vez.

—Sus fotografías aparecían en las revistas— continuó la señora Hudson—, y no nos sorprendió que Su Señoría la encontrara tan atractiva.

—¿Qué edad tenía?

—Oh, debía de tener unos veinticinco años y estaba en la cúspide de su belleza. Ya buscaré una foto suya para mostrársela. Desde luego, aquí pronto nos dimos cuenta de lo que quería.

—¿Y qué era?— preguntó Jaela ingenuamente.

—¡Casarse con Su Señoría! No es sorprendente, considerando lo apuesto que es él. Además, Lady Anstey no andaba muy bien de dinero.

—¿Y Su Señoría quería casarse con ella también?

La señora Hudson bajó la voz, aunque no había nadie allí, aparte de Jaela, que pudiera oirla.

—Sólo por casualidad, yo pasaba por la salita contigua al dormitorio de Lady Anstey y oí a Su Señoría decir...

El ama de llaves bajó todavía más la voz, y los ojos de Jaela brillaron alegremente, porque comprendió que la señora Hudson había estado escuchando a través de la puerta con toda intención.

—«Es inútil, Myrtle», decía Su Señoría. «¡Soy un hombre casado y es imposible casarme con nadie!»

Y ella replicó:

«¡No seas tonto, Stafford! ¡Tu mujer está viviendo en pecado y puedes divorciarte de ella fácilmente!».

Entonces Su Señoría le dijo que no tenía intención de hacer tal cosa, por la simple razón de que no quería lavar en público los trapos sucios.

Al decir esto, la señora Hudson dio una cabezada vigorosa, como para indicar que su Amo tenía mucha razón. Después siguió contando:

«Eso está muy bien para ti» le contestó Lady Anstey; «pero, ¿qué me dices de mí? Yo te amo,

Stafford, sé que tú me amas y seríamos muy felices juntos».

Su Señoría se mantuvo en sus trece.

«Lo siento mucho, Myrtle. Ya hemos discutido esto anteriormente y, aunque te estoy muy agradecido por la felicidad que me has dado, la respuesta es no».

¡Así mismo se lo soltó!

—¿Y fue entonces cuando desapareció Lady Anstey?— preguntó Jaela:

—¡Oh, no, querida!, eso fue tres o cuatro meses más tarde, después de haber estado fastidiando a Su Señoría para que se casara con ella.

Jaela pensó que debía ser muy difícil obligar al Conde a hacer algo que no deseara.

—Lady Anstey hacía notar a todos que intentaba casarse con él— agregó la señora Hudson—. Rosie, la muchacha que le servía de doncella cuando se alojaba aquí, y que por cierto es sobrina de la mujer del Encargado de la estación, nos contaba que solía decir;

«¡Esto lo voy a cambiar yo! ¡No permitiré este tipo de cosas cuando sea la señora de esta casa!»

—Debía de estar muy decidida a salirse con la suya— comentó Jaela.

—¡Y tanto! Sin el menor reparo, les decía a los vecinos que iba a casarse con Su Señoría en cuanto él estuviera libre.

—Pero luego desapareció...— murmuró Jaela, pensativa.

—¡Eso es!— confirmó el ama de llaves—. ¡Se desvaneció como si se la hubiera tragado la tierra! ¡Si no hubiera estado aquí y no lo hubiera visto con mis propios ojos, no lo habría creído!

—¿Y de verdad la buscaron por todas partes?

La señora Hudson bajó la voz de nuevo.

—Yo creo, aquí entre nosotras, que Su Señoría supone que se suicidó. La hizo buscar por todas partes, casi echó el Castillo abajo, piedra por piedra.

—¡Qué extraordinario!— murmuró Jaela.

La señora Hudson miró por encima del hombro antes de agregar:

—Desde luego, no faltó quien dijera que, debido a que era tan insistente, Su Señoría se había librado de ella.

—¡No puedo creer que eso sea verdad!— exclamó Jaela.

—Ni yo tampoco, pero es imposible callar a los chismosos. Eso le hizo mucho daño a Su Señoría. ¡Envejeció años en unos días! Siempre fue un hombre reservado y muy encerrado en sí mismo, pero después de eso, se volvió diferente en muchos sentidos.

—Es muy cruel el daño que las calumnias pueden hacer— observó Jaela.

—Por supuesto, también tiene amigos y admiradores— puntualizó el ama de llaves—. ¡Esa señora Matherson, por ejemplo, se desvive por él! Es una mujer muy bonita y yo, la verdad, no puedo evitar sentir lástima de ella.

—¿Por qué?— preguntó Jaela.

—Su esposo, que encabezaba el grupo de cazadores del Condado, tuvo un accidente hace tres años y se rompió la espina dorsal. Los doctores no han podido hacer nada por él. Está desde entonces en una silla de ruedas, y es duro para una mujer no ser más que la enfermera de su esposo.

—Esa es otra tragedia— dijo Jaela, pero no pensaba en la señora Matherson, sino en su pobre esposo inválido.

*

Al día siguiente, Jaela fue a la biblioteca con Kathy. Allí buscaron libros que tuvieran cuadros de los lugares que Jaela le describía a la niña.

Encontraron uno del Coliseo de Roma y, después, otro de la Bahía de Nápoles que Kathy reconoció al instante.

—¡Yo estuve ahí con mamá!— exclamó—. Subimos en un Barco grande que nos llevó a nosotras y a tío Diego a Africa. En cuanto mencionó al Conde italiano recordó lo que Jaela le había dicho y miró por encima del hombro.

—Papá no está aquí... ¿Puedo hablar de tío Diego contigo?

—Claro que puedes contestó Jaela—, pero ahora veamos si podemos encontrar algunas ilustraciones de París, la ciudad por la que pasarnos en el tren.

Se incorporó para buscar en los anaqueles y en aquel momento entró una mujer en la habitación. Iba elegantemente vestida y era muy bella.

Atravesó con paso ligero la estancia, con los ojos fijos en Kathy.

—Cuando me dijeron que habías vuelto, Katherine— dijo—, ¡casi no podía creerlo!

¡Qué grande estás ya! Creo que tienes ocho años, ¿verdad?

—Sí, tengo ocho años— confirmó la niña, que miró a Jaela y, ante una señal de ésta, hizo a la recién llegada una reverencia.

—Me alegra mucho conocerte, Katherine. Soy la señora Matherson, una antigua amiga de tu padre.

En seguida, la señora Matherson volvió su atención a Jaela. Era evidente que su presencia la había sorprendido.

—¿Quién es usted?— preguntó con tono muy diferente—. No recuerdo haberla visto antes.

—Soy la señorita Compton, la institutriz de Kathy— contestó Jaela.

—¿Su... institutriz?— en los ojos de la señora Matherson apareció una expresión de alivio.

—Me parece demasiado joven para el cargo— observó—. Supongo que fue seleccionada para él por la madre de la niña, ¿no?

—Así es— contestó Jaela con frialdad.

Le parecía impertinente que la señora Matherson la interrogase.

Tuvo la sensación de que le molestaba su presencia en el Castillo.

—Dígame— continuó preguntando la señora Matherson—.¿Por qué ha sido Katherine enviada a Inglaterra de esta manera inesperada? Su Señoría no me había dicho nada al respecto.

Jaela no contestó y la señora Matherson, un poco fruncido el entrecejo, se volvió hacia Kathy.

La niña estaba mirando el libro que Jaela acababa de bajar del anaquel.

—Dime, querida niña— pidió con voz melosa—, ¿cómo está tu madre?

—Mamá está con los Ángeles— contestó Kathy—, y cuando le dije anoche lo de mi pony, se puso muy contenta de que tuviera uno.

La señora Matherson miró a Kathy asombrada y después se volvió hacia Jaela.

—¿Qué dice la niña?— preguntó en un murmullo—, ¿que su madre ha muerto?

—Sí, así es— confirmó Jaela.

La señora Matherson contuvo el aliento.

—¡Ahora entiendo!

Sin decir más, salió de la biblioteca y enfiló el pasillo en dirección al estudio del Conde, una bella estancia de altos ventanales emplomados y grabados de hípica en las paredes.

Cuando la señora Matherson abrió la puerta, el Conde, que estaba escribiendo una carta, dejó la pluma y se puso en pie.

—Buenos días, Sybil. Suponía que no tardarías mucho en venir por aquí.

La señora Matherson cerró la puerta y se le acercó apresuradamente.

—¡Oh, Stafford!— dijo con voz llena de emoción—. ¡Acabo de enterarme de que tu esposa ha muerto!

—Es verdad— contestó el Conde—, pero yo no lo he sabido hasta la llegada de mi hija.

—Así que por eso te la han devuelto..., pensé que habías pedido que te la enviaran sin decirme nada.

—No, nada de eso. No tenía idea de que iba a venir hasta que apareció aquí.

La señora Matherson le oprimió el brazo con una mano.

—Así que ahora eres libre— dijo con suavidad—. ¡Oh, mi querido Stafford, me alegro mucho de saberlo!

Como si le disgustara la conversación, el Conde se alejó de ella y dio unos pasos por el Estudio hasta situarse de espaldas a la chimenea.

La señora Matherson se sentó con aire elegante en el brazo de un sillón.

—La niña es muy dulce y muy bonita. Seguro que te sientes muy orgulloso de ella. En cambio, yo que tú, me libraría de esa muchacha con aspecto teatral que dice ser su institutriz.

—A mí me parece adecuada— dijo el Conde lacónicamente.

—Es demasiado joven para ser la institutriz que necesita tu hija. Yo te buscaré una de más edad y que, por supuesto, sea mejor maestra que ella.

El Conde prefirió cambiar de tema.

—¿Cómo está Edward?

—¡Tan desagradable como siempre!— suspiró ella.

La expresión dura del Conde se suavizó un poco.

—Sabes cuánto lo siento por ti, Sybil.

—Y yo también, ¡imagínate...! Pero mientras te tenga a ti, puedo soportar esta cruz que el destino ha puesto sobre mis hombros.

El Conde frunció el entrecejo y nuevamente cambió de tema.

—¿Lo pasaste bien en Londres?

—Estuve todo el tiempo de compras— contestó Sybil Matherson—. No tenía ya nada que ponerme y sabes que quiero ser admirada por ti.

Como el Conde no hiciera ningún comentario al respecto, ella añadió:

—Volví anoche, ya bastante tarde, y no podía dejar de venir a verte esta mañana. Me he quedado estupefacta cuando Whitlock me ha dicho que tu hija había vuelto inesperadamente.

—¡Lo malo de Whitlock es que habla demasiado!— reprobó el Conde—. Pensaba verte esta tarde y decírtelo yo mismo. j

—¡Oh, querido, qué atento eres! Pero no hubiera soportado esperar a la tarde para verte.

El ceño del Conde se hizo más pronunciado.

Se acercó a una de las ventanas y se quedó mirando al exterior.

—¿Qué sucede, Stafford?— preguntó inquieta Sybil Matherson.

—Estaba pensando— dijo él sin volverse—, que ahora que mi Hija está aquí, debemos ser más circunspectos.

Se hizo el silencio hasta que ella preguntó en tono de incredulidad:

—¿Quieres decir... estás sugiriendo que no debemos seguir viéndonos?

—¡No, claro que no!— repuso el Conde—. Pero creo que sería un error que sigas actuando como lo has hecho últimamente, como si tú gobernaras el Castillo, o que vengas a verme de noche.

Sybil Matherson se puso de pie.

—¡Stafford, eso es absurdo! Sabes tan bien como yo que cuando le doy a Edward un somnífero, no despierta hasta la mañana siguiente. Ninguno de tus sirvientes tiene la menor idea de que entro en el

Castillo por la puerta de la Torre y que llego a tu dormitorio a través de la escalera secreta.

El Conde, con evidente inquietud, volvió junto a la chimenea.

—Has sido muy generosa conmigo, Sybil— dijo—, y tu sabes que no deseo hacerte sufrir, pero… quiero que mi Hija olvide la vida que ha llevado con su madre en los últimos seis años.

Sus ojos se oscurecieron y se percibía una inconfundible nota de ira en su voz.

Por un momento, Sybil Matherson no se movió. Después, como si se obligara a hablar con dulzura, dijo:

—¡Stafford, yo te amo! ¿Cómo podría vivir sin ti? ¿Cómo podría soportar la desventura y la frustración de mi vida sin tu apoyo, sin tu amor?

El Conde nada dijo y ella se le abrazó desesperada.

—¡No puedo perderte, Stafford!— exclamó con tono patético—. ¡Por favor…, sé bueno conmigo!

El Conde fijó la mirada en los ojos suplicantes de ella. Con mucho cuidado, le puso las manos en los hombros y la apartó de sí.

—Es algo sobre lo cual debemos pensar, Sybil. En cuanto a mí, debo hacer lo que sea mejor para mi hija.

Sybil Matherson sacó un pañuelo orlado de encaje del cinturón de su vestido y se enjugó con él los ojos.

—Nunca pensé, después de lo que hemos significado el uno para el otro, ¡que me dirías algo así!

—¡Lo sé, lo sé, y te comprendo! Pero Katherine es una niña muy inteligente. En los últimos seis años ha visto a su madre vivir en pecado. ¿Qué va a pensar si descubre que su Padre actúa de la misma forma?

De nuevo fue hacia la ventana, como si le resultara imposible permanecer quieto en un mismo sitio.

Sybil Matherson se quitó el pañuelo de los ojos y, observando la figura masculina a contraluz de la ventana, pensó que sería un error hacer una escena.

Esforzándose en recobrar la compostura, dijo:

—Sabes muy bien, querido, que lo único que deseo es tu felicidad; por eso, aunque se me rompa el corazón, haré lo que me pides.

El Conde lanzó un suspiro de alivio.

—Gracias, Sybil— dijo—, es muy generoso por tu parte y muy propio de ti. Ya sabía yo que no me fallarías.

Sybil Matherson entrelazó los dedos para contener su reacción apasionada.

—Tengo la impresión— dijo con suavidad—, de que el destino se apiadará al fin de nosotros y, tarde o temprano, podremos estar juntos de nuevo, tan felices como lo hemos sido… hasta ahora.

Su voz se quebró al decir las últimas palabras. Entonces se puso en pie y añadió:

—Te iba a pedir que me invitaras a almorzar, pero como supongo que comerás con Katherine, volveré a mi casa.

—Gracias, Sybil— dijo el Conde.

Ella titubeó antes de preguntar:

—¿No te gustaría que viniera esta noche? Nadie se enteraría y yo… te he echado tanto de menos mientras estaba en Londres...

Hubo una pausa antes de que el Conde respondiera:

—Creo que sería un error.

Sybil Matherson emitió un leve sollozo, mas no protestó.

Se dirigió a la puerta y antes de salir se volvió:

—Adiós, Stafford— dijo—. Te amo y rezaré para que podamos estar juntos en un futuro no demasiado lejano.

Antes de que él pudiera contestar, abandonó el estudio.

El Conde pudo oír sus pasos que se alejaban por el corredor. Cuando se hizo el silencio, sacó un pañuelo del bolsillo y se enjugó la frente.

Había sido un momento difícil el que acababa de pasar. Sabía, por experiencia del pasado, lo histérica que se ponía una mujer cuando él daba por terminada una relación. En lo que a Sybil Matherson se refería, era algo que estaba deseando hacer desde hacía algún tiempo, mas no había logrado encontrar una excusa.

Por otra parte, en las ocasiones que no tenía invitados en el Castillo, ella podía aliviar un poco su soledad.

Sabía desde siempre que necesitaba una mujer para que el Castillo se convirtiera en un hogar, y había pensado con frecuencia que lo más cruel que su esposa había hecho al dejarlo era llevarse a su hija consigo.

El hubiera querido tener primero un hijo varón; pero al nacer Katherine había pensado que había tiempo de sobra para ello.

Luego, cuando su esposa lo abandonó, fue lo bastante sincero para reconocer que todo había sido culpa suya.

Antes de casarse había tenido siempre relaciones con mujeres mundanas, ingeniosas y divertidas, que hacían cuanto estaba de su parte para atraerlo y divertirlo y sabían por experiencia cómo alimentar el fuego del deseo en un hombre desde el primer momento en que lo veían.

Anne era una muchacha muy hermosa, de tan buena cuna como él mismo e hija de un hombre muy rico.

Él tenía ya veintitrés años y sus parientes insistían en que debía dar un heredero al condado, así que Anne le pareció el tipo exacto de mujer que quería como esposa.

Fue después de casados cuando recibió una desagradable sorpresa.

Como la mayor parte de las jovencitas de la Alta Sociedad, Anne tenía una cultura muy limitada. Su conversación era poco más o menos la que hubiera podido mantenerse con una doncella.

Luego, durante el embarazo, había sufrido mucho de náuseas y mareos. Por lo tanto, fue casi imposible para él no serle infiel. Se fue a Londres y ella se quedó en el Castillo.

Después del alumbramiento, Anne se mostró mucho más interesada por la niña que por él. Por su parte, descubrió que ni los caballos ni los problemas de la finca eran suficientes para llenar sus días. Volvió a Londres, donde un gran número de mujeres hermosas lo esperaban con los brazos abiertos.

No tuvo idea, hasta mucho después, de que Anne había conocido al Conde di Agnolo.

Fue en una fiesta ofrecida por el Representante de la Reina en el Condado, a la cual habían sido invitados varios Diplomáticos.

El Conde italiano había oído hablar de sus caballos y le preguntó a Anne si sería posible que los viera. Al día siguiente fue al Castillo... y aquello fue el principio.

Como no había señales de su esposo ni se sabía cuándo iba a volver, Anne invitó al Conde di Agnolo a alojarse en el Castillo y dio una Fiesta para que varias amistades suyas lo conocieran.

Di Agnolo hizo que aquella fiesta fuera la más divertida a la que Anne había asistido nunca. Rieron, hablaron, cantaron alrededor del piano...

Todo italiano es musical, todo italiano es romántico, y nadie echó de menos al dueño del Castillo.

Al acostarse, después de aquella velada, Anne pensó que nunca se había divertido tanto.

Los cumplidos del Conde italiano la habían hecho ruborizarse. Por primera vez desde su Boda, la conversación no había girado en torno a los caballos.

Cada palabra que se decía parecía brillar como una piedra preciosa, e incluso Anne hizo varias observaciones que sus amigos consideraron muy ingeniosas.

Pero, sobre todo, la admiración del Conde di Agnolo era muy alentadora. En principio lo había invitado por dos días, pero él estuvo en el Castillo una semana entera. Después le preguntó a Anne si podía volver dos meses más tarde.

Para entonces tenía que regresar a Inglaterra con una misión encomendada por el Gobierno de su país.

El Conde volvió de Londres al Castillo, sin sospechar que su esposa contaba los días que faltaban para que el Conde di Agnolo fuera de nuevo su huésped.

Todo ello coincidió con las Carreras de Newmarket. El Conde le dijo a su mujer que debía recibir a sus invitados sin él y se marchó.

Una vez más triunfó en la pista de carreras.

Cuando volvió a su casa, su esposa, aunque él no lo notara, era otra mujer. Para empezar, le dijo que quería ir a Londres. Anne deseaba ir a la capital, no por las razones que lo impulsaban a él, sino para comprarse ropa nueva.... con la cual di Agnolo, cuando volviera de Italia, la encontrase bonita.

Se encontró con él en Londres y se hospedaron juntos en casa de unos amigos de él que celebraban una reunión de fin de semana.

La anfitriona era italiana y muy comprensiva. Cuando Anne volvió al Castillo empezó a considerar éste como una prisión y no un hogar.

Su esposo, a la sazón, estaba enfrascado en un apasionado idilio con la embajadora rusa.

Era una mujer muy exigente y al Conde le resultaba difícil no pasar con ella mucho más tiempo de lo que pretendía. Como era previsible, no faltó el «*buen amigo*» que advirtiera a Anne de la infidelidad de su esposo.

Esto no la hirió. Simplemente, eliminó los últimos remordimientos que sentía y que le impedían ceder a las insistentes súplicas de Diego di Agnolo.

Estaba enamorada ya de él, apasionada y desesperadamente. El mayor obstáculo era la familia de él, que estaba casado y tenía hijos, pero Anne hubo de admitir al fin que no podía resistirse más a él.

Por ello, descubrir la infidelidad de su esposo fue como si le abrieran las puertas de la prisión, y cuando le confesó a su amante que no podía vivir ya sin él, di Agnolo se encargó de arreglarlo todo.

En el último momento, Anne entró en el aposento infantil y, al ver a su hija dormida en la cuna como un angelito, no soportó la idea de dejarla sola en el Castillo, sin ella y también sin su Padre, que andaba constantemente detrás de su amante rusa.

El equipaje de Anne estaba ya apilado en el carruaje que iba a llevarla a la estación, donde tomaría el tren para Londres. Cuando Anne bajó la escalinata del Castillo, llevaba a Katherine en brazos.

Whitlock la miró asombrado.

—¿Se lleva a la niña, señora?

—Sí, Whitlock, y Rose vendrá conmigo hasta Londres. Whitlock no se atrevió a preguntarle a dónde iba. Prefirió esperar a que Rose volviera y le contara qué había hecho su Ama. Y Rose, al volver, le informó de que la Condesa no se había hospedado en la Casa Hale como ella esperaba.

Un carruaje las estaba esperando en la estación.

—¡El Conde italiano se sorprendió mucho de ver a la nena!— contó Rose—. Entonces la señora me dijo;

«Adios Rose, y gracias por venir conmigo. Ahora debes tomar un coche de alquiler para que te lleve a la Casa Hale. Pasa allí la noche y pide mañana que te proporcionen el billete para volver al Castillo». Y antes que yo pudiera salir de mi asombro, la señora subió al carruaje con ese italiano y se marchó.

A partir de entonces, nadie del Castillo volvió a ver a la Condesa.

El Conde volvió a su casa y, en medio del desconcierto por la desaparición de su mujer, recibió una carta. Los sirvientes, que reconocieron la letra de la señora, se dijeron que aquello no auguraba nada bueno. No se sorprendieron al ver que el Conde se encerraba con ella en su estudio.

Durante dos horas, nadie se atrevió a molestarlo.

Cuando salió, había en su rostro una expresión tan sombría, que los lacayos más jóvenes temblaron al verlo. Salió a cabalgar hasta que oscureció. Cuando volvió, su caballo estaba sudoroso y al borde del agotamiento.

Durante los días siguientes, todo el Castillo pareció envuelto en una atmósfera sombría. Luego el Conde volvió a Londres y no volvió en más de un mes. Cuando lo hizo al fin, explicó que la Condesa estaba enferma y los doctores le habían recomendado que viviera en un clima más templado.

No dijo dónde estaba ni mencionó a su hija.

Sólo cuando llegó el invierno y los amigos del Conde fueron para las cacerías propias de la estación, cambió un poco la atmósfera del Castillo.

—Las cosas vuelven a la normalidad— le comentó a Whittock la señora Hudson.

Y el mayordomo sentenció:

—¡Las cosas no pueden ser normales si un hombre joven como Su Señoría vive sin una mujer!

*

Cuando la señora Matherson salió de la biblioteca, Jaela buscó rápidamente los libros que quería para Kathy. Después llevó a la niña arriba, al salón de clases.

Tenía respecto a la gente un instinto muy desarrollado y se había dado cuenta de que aquella mujer intentaría causarle problemas.

Mientras Kathy jugaba con Rufus, se miró en el espejo y pensó que una mujer mayor que ella sería más adecuada como Institutriz de Kathy.

Si, como sospechaba, la señora Matherson estaba enamorada del Conde, procuraría deshacerse de ella.

«Soy demasiado joven y bonita», se dijo sin falsa modestia. Estaba segura de que el Conde era demasiado orgulloso y estaba demasiado consciente de su propia importancia como para interesarse sentimentalmente por alguien a su servicio.

Ella era sólo una Institutriz, es decir, una sirvienta distinguida y nada más.

Por supuesto, tampoco a ella le interesaba el Conde, pero no dejaba de reconocer que era un hombre atractivo y muy diferente a todos los que había conocido hasta entonces.

Veía en él ciertas semejanzas con su padre, pero esto tal vez se debiera a que ambos eran ingleses.

«Me gustaría saber si es inteligente», pensó.

Había muchos libros en la Biblioteca, mas eso no demostraba nada. No había tenido oportunidad de conversar detenidamente con él. Resultaba difícil, por lo tanto, saber si había un cerebro brillante tras aquel rostro atractivo de expresión cínica.

Como si el destino hubiera decidido responder a su pregunta, el lacayo que le subió la cena le dijo:

—Su Señoría le envía sus respetos, señorita, y dice que le gustaría verla en su estudio a las nueve menos cuarto, después de la cena.

Era lo que Jaela estaba esperando, segura de que, tarde o temprano, el Conde querría averiguar si era capaz de enseñar a Kathy lo que ésta necesitaba aprender.

Como tenía por costumbre, se había bañado y cambiado de ropa antes de cenar.

Vestía en aquel momento un modelo comprado en Nápoles y que era uno de los favoritos de su padre.

El vestido, blanco y muy juvenil se adornaba con ramilletes de rosas bordadas en la falda y en las mangas abullonadas. El escote era demasiado amplio para una institutriz, pero Jaela no esperaba ver a nadie, aparte del lacayo, y ahora se preguntó si debía cambiarse o no.

El problema era qué otra clase de vestido ponerse. Le disgustaba la idea de aparecer con uno de calle. Se había cambiado para cenar como lo hacía desde que tuvo edad suficiente para cenar con sus padres.

De pronto la hizo reír su propia preocupación.

Seguro que el Conde no pondría interés más que en su capacidad como maestra. Hasta entonces, había dejado esto bien claro.

El tono agudo con que le daba las órdenes y el que buscara siempre algo que criticar en ella demostraba que la consideraba bastante torpe.

Bajó a las nueve menos cuarto en punto.

Lo hizo con la cabeza en alto, sintiéndose un tanto retadora. Al dudar de su capacidad para enseñar a una niña de ocho años, el Conde no la ofendía a ella, sino a su padre, cuyo talento había sido aclamado a lo largo y ancho del país.

El Conde la esperaba en el estudio, de pie ante la chimenea. Jaela tuvo la impresión de que, si no se hubiera encontrado de pie, no se habría molestado en levantarse al entrar ella. También le pareció que se sorprendía al mirarla.

Ella le hizo una reverencia y esperó la autorización para sentarse.

—Está usted muy elegante, señorita Compton— observó el Conde—. ¿Se ha puesto el mejor vestido porque la mandé llamar?

La forma en que dijo esto hizo que Jaela se enojara.

—No, Señoría— repuso con frialdad—. Ya me había bañado y cambiado antes de recibir su llamada. Le pido perdón, por lo tanto, si me vestido le molesta.

—Por supuesto que no es eso, sólo que parece más adecuado para un baile que para la sala de clase.

—Entonces, por supuesto, debo satisfacer los deseos de Su Señoría. Trataré de comprar en el pueblo algo que no le disguste.

Dijo esto de forma espontánea y al momento se preguntó si no había sido demasiado grosera y el Conde la despediría por esa razón.

En cambio, él se echó a reír.

—Lo que se ponga usted no tiene importancia, señorita Compton— dijo —. Lo que quiero discutir con usted es la educación de mi hija.

—Ya lo suponía, Señoría, y me permito informarle de que Kathy es una niña muy inteligente, a la que resulta fácil enseñar.

Jaela vio que el hombre la escuchaba con atención y prosiguió diciendo:

—Habla ya italiano y francés, y tendré buen cuidado de que no olvide ninguno de esos idiomas. Así es más fácil enseñarle Geografía y, además, no es preciso limitar la Historia a la de Gran Bretaña.

El Conde cruzó las piernas. Tenía un aspecto impresionante en su sillón de alto respaldo, pensó Jaela.

—Por lo que dice, señorita Compton, tengo la impresión de que ha viajado usted mucho.

—He estado en la mayor parte de los países de Europa.

—Resulta difícil de creer. Se la ve tan joven...

Jaela no contestó. Permaneció muy erguida en el asiento y con las manos sobre el regazo. El Conde parecía decidido a ponerle las cosas difíciles, pero ella no se lo permitiría. Hubo un silencio antes de que el Conde preguntara:

—¿Y bien? ¿No tiene usted nada que decir al respecto?

—Creía, Señoría, que estábamos tratando de lo que he de enseñar a Kathy.

—Entonces, ¿qué le parece si me dice qué le está enseñando actualmente?

—Esta mañana le he impartido una lección de Aritmética, en los tres idiomas que habla.

—¿Cómo es eso posible?— preguntó el Conde.

—Nos fuimos de compras, con la imaginación, por supuesto, en uno de los salones del Castillo, donde hay objetos artísticos de diversos países. Primero compramos en italiano. Kathy sumaba el importe de los objetos y me decía cuánto tendría que pagar por ellos en liras. Repetimos la operación en francos franceses y, finalmente, en libras inglesas, con sus correspondientes chelines y peniques.

El Conde la miraba con fijeza.

—¡Es usted ciertamente original, señorita Compton!— su tono hizo que estas palabras no parecieran un cumplido.

Jaela guardó silencio.

—¿Qué otras lecciones planea usted para mi hija?

—Es muy aficionada a la Música y le encantan además los cuentos y las historias de cualquier clase. Esto último hace que la Literatura sea un tema muy interesante para ella. Creo también que la mejor manera de enseñarle Geografía sería que coleccionara sellos de correos.

El Conde frunció el entrecejo.

—¿Quién ha estado hablando con usted?

—¿Hablando conmigo?

—Sobre mi pasatiempo principal.

Ella, mirándolo con fijeza, repuso:

—Si es usted coleccionista de sellos, yo no tenía la menor idea.

El Conde se puso en pie y sacó un libro de un cajón de su escritorio.

Lo abrió y se lo tendió a Jaela. Ella miró la página y exclamó:

—¡Tiene usted un *«negro de penique»*! Debe sentirse muy orgulloso…, recuerdo lo emocionado que se puso papá cuando encontró uno.

—¿Quiere usted decir que su padre coleccionaba sellos de correos?

Jaela se puso en pie.

-Tengo algo que mostrar a Su Señoría, creo que le interesará.

Sin esperar a que él la autorizara, salió aprisa del estudio y subió a su dormitorio.

Había dejado los pesados baúles que contenían los libros y otras pertenencias personales de su padre en la Casa Mellor, en Londres; pero dos álbumes de su colección de sellos de correo estaban en el fondo del baúl que había llevado consigo, pues los había estado mirando la noche anterior a su partida para Inglaterra y los guardó luego en el último baúl que cerró, el del equipaje más imprescindible.

Los cogió ahora y, con ellos bajo el brazo, regresó al Estudio. El Conde la estaba esperando con una expresión divertida.

—Si su colección es mejor que la mía, señorita Compton— dijo—, me sentiré muy molesto. Colecciono sellos desde que era niño y no conozco a ningún otro aficionado que tenga una colección mejor que la mía.

Jaela no contestó; se limitó a abrir el primero de los álbumes de su padre, quien había iniciado su colección siendo muy joven y contaba con la ventaja de tener acceso a los mejores sellos que llegaban a las oficinas diplomáticas en que había ocupado puestos importantes.

El Conde encontró en el álbum un «*negro de penique*» en mejores condiciones que el suyo.

Después vio el «*ojo de buey de Brasil*», el primer sello emitido en el hemisferio occidental, en 1843.

Lanzó una exclamación ahogada y puso el álbum sobre su escritorio para ir pasando las páginas una por una.

—¡No puedo creerlo!— dijo—. ¡Es la más asombrosa colección que he visto en mi vida! Supongo, señorita Compton, que se da usted cuenta de que es muy valiosa.

—Pero no la vendería ni por todo el oro del mundo, Señoría— dijo ella con voz intensa.

—Si lo hiciera, no tendría que trabajar para ganarse la vida— comentó el Conde y, ante el silencio de la joven, levantó la mirada y la fijó en ella.

Jaela tuvo la impresión de que sus ojos trataban de penetrar más allá de la superficie.

—Porque supongo que tiene usted que trabajar para vivir, *¿no es así?*— preguntó él con lentitud.

Capítulo 5

SE hizo el silencio. Jaela lo rompió al decir:

—No ha visto aún el otro álbum.— El Conde sonrió.

—En otras palabras; me dice usted que no me meta en lo que no me incumbe.

—Creo, Señoría, que estábamos hablando de Kathy, y por supuesto, de la Filatelia, que es un tema fascinante.

—Estoy de acuerdo con usted y le pido perdón por desviarme de ambos temas.

Había una nota irónica en la voz masculina que no pasó inadvertida a Jaela. Le entregó el segundo álbum diciendo:

—Espero que Su Señoría no se ofenda, pero creo que no puede tener el sello que hay en la primera página.

El Conde cogió el álbum de manos de ella y lo abrió.

—¡No puedo creerlo!— exclamó—.¡El «*Magenta de un Penique de la Guayana Británica*»! ¡El sello más valioso del mundo!

—Eso es lo que mi padre decía siempre. Se consideraba muy afortunado al poseerlo.

No añadió que Lord Compton lo había recibido, cuando era Juez, como expresión de gratitud de un hombre de la Guayana al que salvó de la horca cuando lo acusaron de un homicidio que no había cometido. Aquel sello, emitido en 1856, era el más codiciado por todos los Filatelistas del mundo.

El Conde lo miraba como si no pudiera creer lo que tenía ante los ojos.

—Es usted muy afortunada, señorita Compton— dijo—. Supongo que sería inútil que le ofreciese la suma de dinero que quisiera por este sello, ¿verdad?

Jaela movió la cabeza de un lado a otro.

—Para mí, la colección de mi padre es un recuerdo de la felicidad que compartimos juntos. Tal vez un día se lo dé a alguien que ame, pero jamás me separaré de ella por dinero.

—Comprendo lo que quiere usted decir, de modo que sólo puede felicitarla y aconsejarle que tenga mucho cuidado. No deje su colección en cualquier parte, porque podrían robársela.

—¿En el Castillo? No creo que sea probable.

—Tampoco yo creo que corra ningún riesgo mientras esté aquí. Me refiero a cuando se vaya.

Jaela se puso rígida.

—¿Está usted sugiriendo que eso podría ser pronto?— preguntó. La idea de dejar a Kathy en el Castillo se le hacía insoportable, dadas las circunstancias.

El Conde estaba observando su expresión y, al cabo de unos momentos, dijo:

—¿Le gusta estar aquí, señorita Compton? ¿Está contenta?

—Mucho, Señoría.

—Me parece extraordinario que una muchacha tan joven y bonita como usted se sienta satisfecha de cuidar a una niña, en lugar de tener un corro de admiradores a sus pies.

Jaela se echó a reír.

—Eso, Señoría, es lo que menos deseo en el mundo.

Al momento, creyendo que debía explicárselo al Conde, aunque no tenía idea de por qué, dijo en un tono diferente:

—La verdad es que estoy de luto y, así como Kathy tiene ahora que enfrentarse a un nuevo mundo, del que sabe muy poco, lo mismo tengo que hacer yo.

—Entonces permítame decir que, como parte de ese nuevo mundo, haré todo lo posible por que sea agradable tanto para Kathy como para usted.

Jaela sonrió, sin tener idea de lo bonita que estaba al hacerlo, porque la sonrisa no estaba sólo en sus labios, sino también en sus ojos.

—Quiero quedarme aquí— dijo—. Todo me resulta nuevo y emocionante y, aunque a usted le parezca presuntuoso por mi parte, Kathy se me ha metido en el corazón y no tengo deseos de dejarla.

—Realmente es una niña encantadora, y estoy seguro de que su idea de enseñarle Geografía mediante los sellos de correos es excelente. Ahora sólo falta que a Kathy le interesen los sellos tanto como a nosotros.

El Conde continuó pasando las páginas del álbum de Lord Compton y de vez en cuando lanzaba una exclamación al encontrar algún sello de importancia que él no poseía.

Continuaron hablando del mismo tema hasta que Jaela, con gran asombro, advirtió que era casi la medianoche.

Entonces se puso en pie diciendo:

—Debo excusarme por haber tenido levantado a Su Señoría hasta tan tarde. He perdido la noción del tiempo.

—Yo también— declaró el Conde y miró de nuevo el álbum de Lord Compton, como si le costara trabajo desprenderse de él.

—Mañana mismo escribiré a Stanley Gibbons, de Londres, para pedirle su catálogo— dijo—. También le preguntaré cuándo será la próxima subasta de sellos de correos. Le prometo que asistiré a ella y procuraré ser un buen postor.

—Es muy emocionante pensar que puedo continuar la colección de papá— manifestó Jaela—. Estaba pegando los últimos sellos adquiridos por él antes de morir, cuando llegó el doctor Pirelli a la Villa para pedirme que viniera a Inglaterra con Kathy. Al decir esto comprendió que, imprudentemente, había revelado al Conde que ella vivía en una Casa diferente a la que ocupaban Kathy y su madre.

Notó por la expresión del hombre, que el comentario no le había pasado inadvertido. Él no dijo nada al respecto; se limitó a devolverle los álbumes.

—Espero que me permita examinarlos con mayor detenimiento otra noche. Entonces hablaremos de lo que usted le está enseñando exactamente a Katherine sobre los países de los que proceden los sellos.

Mientras Jaela tomaba los álbumes de sus manos, el Conde añadió:

—Desde luego, trataré de creer que me dice usted la verdad cuando asegura que ha visitado cada uno de ellos. Jaela sonrió.

—No sería capaz de mentir a Su Señoría. De verdad he viajado mucho, así que tengo mucho que contarle a Kathy sobre los pueblos, sus tradiciones y sus costumbres.

—¡Yo estoy *tratando* de creerla, Señorita Compton!— dijo el Conde.

Jaela se dio cuenta de que no pretendía ser irónico, sino que estaba bromeando con ella.

Le hizo una graciosa reverencia y dijo:

—Buenas noches, Señoría, y gracias por esta velada no sólo emocionante, sino también encantadora.

Sólo cuando ya había salido del estudio se preguntó si no había sido demasiado efusiva. Aquella no era la forma en que una institutriz corriente le hablaba a su patrón.

En realidad, había estado hablando con el Conde no como institutriz, sino como una Filatelista habla con otro, pues él parecía casi tan aficionado a los sellos y su historia como lo había sido su padre.

Al irse a la cama pensó con cierta inquietud que sin duda alguna había hecho que el Conde sintiera curiosidad respecto a ella.

Había sido imposible, mientras hablaban, no decir de manera ocasional cómo había obtenido su padre algún sello en particular.

Con frecuencia había sido con ayuda de la Embajada Británica, o bien de algún Ministerio del país en que había sido emitido. La verdad era que habría sido imposible a un coleccionista común y corriente obtener tales sellos y seguro que el Conde se daba perfecta cuenta de ello.

«Debo ser muy cuidadosa», se recomendó a sí misma, «porque si revelo quién soy, no podré quedarme en el Castillo». Habría sido una inconveniencia, y esto en el mejor de los casos, que la hija de Lord Compton de Mellor estuviera sola en el Castillo con el Conde de Halesworth.

Una institutriz, que carecía de importancia social, podía vivir allí como empleada, pero ella misma, con su verdadera personalidad, habría necesitado tener a una mujer casada como Dama de Compañía de respeto.

«Debo tener cuidado..., ¡mucho cuidado!», se repetía cuando el sueño la venció.

*

A la mañana siguiente, antes de salir a montar con Kathy, Jaela se enteró de que el Conde estaría ausente del Castillo todo el día.

Por lo tanto, pensó que sería buena idea ir con Kathy a explorar el Castillo.

Las estancias principales eran impresionantes, aunque en muchos de los dormitorios, que no estaban en uso, las persianas estaban cerradas y no se podían ver bien.

Supo, por Whitlock, que llevaban algún tiempo sin utilizarse.

La vieja Torre les resultó fascinante.

Subieron por la estrecha escalera de piedra en espiral y, desde lo alto, contemplaron una vista magnífica.

Jaela contó a Kathy que aquel Castillo, al igual que muchos otros del este de Inglaterra, había sido construido como defensa contra los invasores daneses que llegaban por el Mar del Norte.

Kathy, muy emocionada, quiso saber cuántos vigías había en la Torre y qué era lo que robaban los daneses si lograban desembarcar.

Se mostró tan curiosa, que Jaela se propuso buscar un libro de historia sobre el tema.

—Buscaremos en la biblioteca— prometió a la niña.

Sin embargo, cuando lo hicieron, encontraron tantos libros interesantes en los estantes que, por el momento, los invasores daneses quedaron en el olvido.

Aquella noche, cuando ya estaba acostada, Jaela oyó volver al Conde y se preguntó dónde podía haber estado.

Tal vez visitando a una hermosa dama de los alrededores... Era, sin duda, lo que la señora Hudson creería. Enseguida, Jaela se reprochó su interés por el Conde, por lo que hacía o dejaba de hacer.

Al principio le había parecido arrogante y un tanto agresivo. Sin embargo, cuando estuvieron hablando de Filatelia se mostró muy humano, así que su opinión respecto a él cambió por completo.

«Es muy bueno con Kathy», se dijo, recordando lo horrorizada que se sintió cuando él le dijo que se llevase a la niña en la misma noche de su llegada.

Incluso ahora podía recordar la dureza de su voz, que fue para ella como un golpe físico.

«Pero todo ha cambiado», pensó contenta.

Al ir a darle a Kathy un beso, Rufus estaba acurrucado al pie de su cama.

—Buenas noches, queridita— dijo a la niña abrazándola—. Mañana saldremos a montar si hace buen día.

—¡Hoy ha sido estupendo!— exclamó Kathy—. He montado a Bola de Nieve, he recorrido el Castillo y he subido a esa Torre grande, grande.

Su entusiasmo hizo comprender a Jaela lo mucho que todo aquello, había significado para ella.

—Eres muy afortunada al tener un hogar tan interesante— le dijo.

—Sí, con muchas, muchas historias— añadió Kathy—. La quiero mucho, señorita Compton, porque usted me cuenta cosas muy bonitas.

Jaela apagó la vela y después, al llegar a la puerta, se volvió para decir como su madre le decía a ella cuando tenía la edad de Kathy:

—*Buenas noches, pequeña, que los ángeles cuiden de ti hasta mañana.*

Y ahora, en la oscuridad de su propio dormitorio, Jaela dijo a sus padres:

—¡Yo creo que tanto ustedes dos como los Ángeles, están cuidándome!

*

El Conde se estaba preparando para ir a cabalgar, como hacía casi siempre antes del desayuno.

Llamaron a la puerta y su ayuda de cámara fue a ver quién era.

—Acaba de llegar esto para Su Señoría— dijo un lacayo y entregó al ayuda de cámara una nota en una bandeja de plata. A su vez, el ayuda de cámara se la llevó al Conde, quien reconoció la letra en el acto.

Tenía el ceño fruncido cuando se acercó a la ventana para abrirla.

Era muy indiscreto que Sybil Matherson le enviara una nota a hora tan temprana.

Sacó la hoja de papel y leyó:

> *"Queridísimo Stafford::*
> *Edward murió anoche y yo me siento incapaz de enfrentarme a la impresión de su muerte y a todo lo que debe hacerse. Por favor, ven a ayudarme. Tú eres la única persona en quien puedo confiar, estoy completamente sola.*
> *Sybil."*

El Conde releyó la nota y se dijo que no podía desoír aquel grito de ayuda, aunque no fuese correcto que Sybil pretendiera encargarlo de resolver todos sus problemas.

Al darse la vuelta vio que su ayuda de cámara tenía en las manos la chaqueta del traje de montar.

Titubeó un momento y al fin dijo:

—Pide el calesín con dos caballos. Voy a ponerme ropa adecuada para conducir.

—Muy bien, Señoría.

El ayuda de cámara fue aprisa a dar la orden y después volvió para ayudarle a vestirse.

Veinte minutos más tarde, el Conde salía del Castillo. En lugar de irse directamente a la Casa Matherson, que estaba a dos millas de distancia, se fue en dirección opuesta, hasta llegar a una bonita casa ocupada por familiares suyos; el Coronel Worth, que había servido en el Regimiento de Granaderos antes de retirarse, y su esposa, una encantadora mujer de casi sesenta años.

Al llegar, ella estaba en el Jardín cuidando sus plantas.

—¡Stafford!— exclamó cuando el Conde llegó a su lado—. ¡Qué sorpresa verte aquí! Una grata sorpresa, desde luego.

El Conde la besó en la mejilla y dijo:

—Me temo, Elizabeth, que traigo malas noticias y necesito tu ayuda.

Elizabeth Worth lo miró con ansiedad.

—¿Qué ha sucedido?— preguntó.

—Edward Matherson murió anoche, y quiero que vengas conmigo para ver si podemos ayudar en algo a Sybil.

—¿Murió?— exclamó la señora Worth—. ¡Pobre hombre! Sufrió tanto desde el accidente... Pero era un hombre tan fuerte, que creí que viviría muchos años.

—Yo también— dijo el Conde—, pero acabo de recibir una nota de Sybil en la que me comunica el fallecimiento. La pobre parece desesperada.

—Es muy natural, y por supuesto que iré contigo ahora mismo. Henry ha salido a cabalgar, pero los sirvientes le dirán en cuanto llegue lo que ha pasado y se reunirá con nosotros.

—Ésa es una excelente idea— aprobó el Conde.

Mientras la dama se arreglaba, él esperó en la cómoda salita, donde había un retrato de su primo con el traje de gala de su regimiento y el pecho cubierto de medallas.

La señora Worth no tardó mucho, y enseguida se dirigieron ambos a casa de los Matherson.

Edward Matherson había sido hijo de Sir Roger Matherson, séptimo Barón del Título y, como el Conde sabía muy bien, un gran número de familiares suyos vivían en el propio Condado o en las cercanías de éste. Por tanto, le parecía erróneo, a pesar de la nota de Sybil, que cuando llegaran sus parientes vieran que él se estaba haciendo cargo de todo.

Le daba la sensación de que Sybil pretendía empujarlo a asumir una posición de responsabilidad que no le correspondía y no estaba dispuesto a seguirle el juego. Al llegar se sintió seguro de que la intención de Sybil era la que él sospechaba. Se lo confirmó la expresión de sus ojos cuando lo vio llegar con Elizabeth Worth.

—¡Mi querida Sybil!— exclamó la dama—. Lo siento mucho y, desde luego, Henry y yo trataremos de ayudarte en todo lo que podamos.

—Por supuesto que necesito ayuda— contestó Sybil, pero al decir esto tenía los ojos puestos en el Conde.

A él no le sorprendió saber que no había notificado a nadie más la muerte de su esposo. Por lo tanto, mientras Elizabeth Worth hablaba con Sybil, él se dirigió a las caballerizas y envió a los mozos en todas direcciones, para que informasen a los familiares de Edward Matherson de lo sucedido.

Al volver a la casa se alegró de ver un caballo a la puerta: era el de su primo, Henry Worth.

*

Más tarde, el Conde dejó a Sybil rodeada de un gran número de Mathersons y, sabiendo que Sir Roger no tardaría en llegar, llevó a Elizabeth Worth a su casa.

No había mantenido ninguna conversación privada con Sybil, aunque se había percatado de los esfuerzos de ella en este sentido.

Su esposo, a quien ella había dejado de amar desde que sufrió el accidente, acababa de morir. Sin embargo, el Conde estaba seguro de que Sybil haría todo lo posible por reanudar su relación con él.

Había padecido demasiadas escenas dramáticas, de lágrimas, ruegos y reproches, por parte de muchas mujeres diferentes. Estaba decidido a no tener nuevamente relación alguna con Sybil, no obstante los esfuerzos que ella hiciera por hacer volver atrás las agujas del reloj.

Demasiado tarde, se daba cuenta de que nunca debía haberse relacionado con ella. Pero Sybil había sido muy persistente.

Como vivía tan cerca del Castillo, era imposible evitar que fuese por allí con la menor excusa. El Conde debía admitir que la había encontrado atractiva. Esto tal vez se debiera a que no había por los alrededores ninguna otra mujer medianamente atractiva que compitiera con ella y, con mucha frecuencia, él se sentía solo.

Cuando estaba en Londres, las cosas eran diferentes.

Allí tenía viejos amigos para darle la bienvenida y no faltaban bellezas nuevas que conquistar, la mayor parte de las cuales no tardaban en hacer evidente que lo consideraban irresistible.

Algunas veces, recluido a solas en su estudio, con el viento silbando y gimiendo alrededor del Castillo, sentía el anhelo de algo cálido y suave que estrechar entre los brazos.

Por lo tanto, le fue difícil resistirse a Sybil.

Ella podía entrar en el Castillo con mucha facilidad, y sin ser vista, por la parte de la Torre. Desde allí subía, por un camino secreto que debía de haber sido utilizado con fines similares a través de muchas generaciones, hasta el primer piso, donde estaba el su dormitorio. A aquellas horas de la noche, nadie reparaba en un caballo atado al pie de la Torre.

El Conde sabía, y la idea no le gustaba en absoluto, que Sybil, antes de ir, le daba a su marido una bebida con láudano para que durmiera profundamente. Por lo tanto, Edward Matherson no tenía la menor idea, a la mañana siguiente, de que su esposa no había pasado la noche en el dormitorio contiguo.

«Fue un gran error de mi parte», se decía ahora el Conde, lleno de remordimientos.

Cuando llevó a Elizabeth Worth, a su casa, le dijo:

—Gracias, Elizabeth. Has sido muy buena al ir conmigo y estoy seguro de que Sybil te estará muy agradecida.

—Yo creo, Stafford, que ella hubiera preferido que fueras solo— observó Elizabeth con franqueza—. Perdóname si soy impertinente; pero, ¿estás pensando en casarte con ella, ahora que ya es libre?

—¡Claro que no!— repuso el Conde—. No tengo intención de casarme con nadie, ésa es la verdad.

—Te creo, Stafford. Sin embargo, Sybil me insinuó, cuando nos quedamos solas, que los dos se tienen un gran cariño.

El Conde apretó los labios. Había en sus ojos una expresión que hizo decir a Elizabeth Worth rápidamente:

—Tal vez no debía habértelo dicho, pero tú sabes, querido Stafford, que a todos nos alegraría mucho que encontraras una mujer capaz de hacerte feliz..., y desde luego, sería maravilloso para Kathy tener hermanitos con los que jugar.

El Conde sonrió con ligera ironía.

—¡Tú siempre tan franca, Elizabeth! Pero me consta que dices todo eso por mi propio bien. Y a propósito, ¿podrías ser tan amable de dejar bien claro a cuantos se interesen por el asunto, que no estoy enamorado de Sybil Matherson?

Su voz se hizo más profunda al añadir:

—Lo único que me preocupa por el momento es la felicidad de mi hija, a la que he recobrado después de tantos años en que estuvo lejos de mí.

Elizabeth Worth puso una mano en el brazo del Conde.

—Te entiendo perfectamente, querido. La verdad es que tú tienes la culpa de lo que sucede por ser demasiado apuesto; sin embargo, cuenta con que haré lo que pides.

—Gracias— dijo el Conde y la besó en la mejilla antes de emprender el regreso al Castillo.

Al llegar supo que la noticia de lo sucedido había llegado ya a oídos de la servidumbre.

—Nos enteramos de la muerte del señor Matherson, Señoría— dijo Whitlock—. Es una noticia muy triste. Sin embargo, uno no puede menos de pensar, al considerar la situación del pobre caballero, que ha sido un alivio misericordioso para él.

—Sí, eso es lo que yo pienso también— repuso el Conde secamente, y se dirigió a su estudio.

*

Aquella noche, el Conde no mandó llamar a Jaela y ésta se sintió desilusionada.

Aunque riéndose un poco de sí misma por hacerlo, se había puesto uno de sus vestidos más bonitos y se había peinado mas a la moda. Puso además los álbumes de sellos en una mesita, muy a la mano... pero Su Señoría no la llamó.

—¡Qué presuntuosa había sido al suponer que lo haría! No pudo menos de preguntarse qué sentiría el Conde respecto a la muerte del señor Matherson.

Ahora la esposa de éste se encontraba libre y el Conde lo era también. Tendrían que esperar el año de rigor, mas cuando hubiera pasado el tiempo de luto, podrían casarse. Esperaba, sin embargo, que el Conde no se casara con Sybil Matherson. Tenía la inequívoca sensación de que no sería una buena madre para Kathy.

Fue a ver a la niña antes de acostarse.

Kathy estaba ya profundamente dormida y acurrucado junto a ella, con la cabeza casi en su almohada, se encontraba Rufus.

Era algo que no debía permitir, pensó Jaela, pero sabía lo mucho que Kathy amaba al perro. Eran Rufus y Bola de Nieve los que habían impedido que la noticia de la muerte de su madre la alterara demasiado.

«La niña necesita amor», pensó y al momento le pareció oír una voz que decía a su oído: «Es lo mismo que necesita el Conde... y tú también».

Jaela cerró la puerta de Kathy y se dirigió a su dormitorio.

Una vez en él, ya acostada, siguió pensando en el Conde. Éste había vivido sin su esposa durante seis años. Naturalmente, habría habido mujeres en su vida, pero no era lo mismo que tener esposa e hijos.

«Siento una gran compasión por él», admitió finalmente, aunque era algo que no esperaba sentir por alguien tan importante como el Conde.

La mayor parte de la gente debía de pensar que lo tenía todo para ser feliz.

«Pero nadie es feliz sin amor», razonó Jaela, de la misma forma en que lo habría hecho hablando con su padre.

Era el amor , lo que había hecho que la Condesa se fugara con Diego di Agnolo, que realmente la quería.

Era el amor lo que la había hecho mandar a su hija al hogar que le pertenecía.

Ahora Kathy estaba en su hogar y allí se quedaría. Jaela tuvo el repentino temor de que la hiciera desdichada una mujer que amase al padre, pero no a la niña.

«Podría encelarse de la hija de su primera esposa…,envidiaría todas las atenciones que el Conde prestara a Kathy y que le gustaría acaparar para sí misma y sus hijos».

Nada había sucedido todavía. Sin embargo, Jaela se sentía como si estuviese obligada a actuar como centinela y como barrera protectora entre Kathy y el mundo.

«Por desgracia, no hay nada que yo pueda hacer», razonó.

Pese a ello, no podía librarse tranquilamente de una responsabilidad que había asumido en el momento que prometió a la Condesa cuidar de su hija.

«Lo prometí y haré todo lo posible por cumplirlo», decidió con firmeza.

Sin embargo, tenía miedo, porque la asediaba el oscuro presentimiento de que iba a ocurrir algo horrible.

No sabía con exactitud qué era ni cuándo ocurriría. Pero su intuición y su percepción habían sido siempre muy agudas, y ahora sentía como si fuera en un tren que corría a toda velocidad por una pendiente al fondo de la cual esperaba el desastre.

«Me estoy dejando llevar por la imaginación», se reprochó, dando vueltas a un lado y otro del lecho.

Mas no podía librarse de aquella idea sombría. Era como si algo oscuro y amenazador fuese a caer sobre ella de modo que no tendría escapatoria.

Angustiada, pidió a sus padres como si estuvieran junto a ella:

— ¡Mamá, papá, tengo miedo!...¡Ayúdenme! ¡Cuiden ustedes de mí, por favor!

Capítulo 6

JAELA y Kathy regresaban de cabalgar.

Como hacía un día muy hermoso, se habían alejado más de lo habitual.

Condujeron sus caballos a los establos y Kathy le hizo mucho cariño a Bola de Nieve antes de que lo llevaran a su establo. Había cabalgado sin que Jaela le sujetara la rienda del pony, lo que la tenía encantada.

La joven pensaba que se estaba convirtiendo en una buena amazona, lo cual sin duda complacería al Conde, quien era un soberbio jinete.

Cogidas de la mano, mientras Kathy charlaba animada, entraron en la casa. Cuando se disponían a subir la escalera, el Conde salió de su estudio.

—Necesito hablar contigo, Katherine— dijo.

La niña corrió hacia él con los brazos extendidos.

—¡Hemos dado un paseo estupendo papá! ¡La señorita Compton dice que cada día monto mejor y que pronto podré ganarte!

El Conde rió.

—¡Vaya, eso sí que es un elogio!— dijo mirando a Jaela.

—Realmente es muy buena— afirmó la joven con voz suave.

—Lo que deseo pedirte, Katherine— dijo el Conde—, es que me prestes hoy a Rufus.

—¿Para qué, papá?

—Lo voy a llevar para que conozca a una perrita preciosa con la que un amigo mío desea cruzarlo.

Jaela se dio cuenta de que elegía con cuidado las palabras al agregar:

—Pienso presentarle tanto a Rufus como a los otros dos spaniels para que elija esposo y, cuando tenga cachorros, podré escoger los que desee. Uno de ellos será para ti.

La niña lanzó una exclamación de alegría.

—¿Un cachorro sólo para mí? ¡Oh, papá, eso sería estupendo!

Después miró a Rufus y añadió:

—Pero nunca lo querré más que a Rufus. Es mío, ¡el perro más maravilloso del mundo!

Se inclinó para acariciarlo y el animal saltó ansioso hacia ella. Jaela notó que, al mirar a Kathy, surgía en los ojos del Conde una tierna expresión que nunca había visto hasta entonces.

«Está empezando a querer a su hija, como la quiero yo», pensó.

—Entonces, ¿puedo llevarme a Rufus?— preguntó el Conde.

—Sí, claro, papá— accedió Kathy—. Pero ten mucho cuidado con él.

—Sabes que lo tendré.

Kathy se inclinó para acariciar de nuevo a Rufus y decirle:

—Ahora te irás con papá y serás un buen chico, ¿me oyes? Porque si no, te reñiré cuando vuelvas.

Rufus pareció entender, porque la miraba muy quieto y atento.

El Conde había echado a andar hacia la puerta con los otros dos perros y le silbó a Rufus. Éste miró al hombre y después a la niña como para pedir su permiso.

—Ve con papá— lo autorizó Kathy—, ¡y sé bueno!

El Conde silbó de nuevo y Rufus lo alcanzó al cruzar la puerta.

Jaela tomó a Kathy de la mano.

—Ahora tienes que estudiar un poco— le dijo—, y ya que te interesas por los daneses, hoy leeremos cómo era Inglaterra cuando ellos la invadieron con sus naves.

—¿Sí? ¡Qué emocionante!— exclamó Kathy mientras empezaban a subir la escalera.

Jaela había tomado de la biblioteca un buen número de libros de Historia que contenían dibujos de los nórdicos y de los ingleses, así como un mapa en el que podría señalar a su alumna los diversos lugares de la Costa donde habían desembarcado los invasores.

Kathy se mantuvo tan absorta en la lección que ni ella ni Jaela se dieron cuenta de que era la hora del almuerzo, hasta que las enviaron la comida.

Cuando el Conde estaba en la casa y no tenía invitados, almorzaban con él en el comedor. Si no estaba, les subían una bandeja a su aposento. Una vez que hubieron terminado, Kathy miró por la ventana y exclamó:

—¡Oh, señorita Compton, está lloviendo y yo quería salir a jugar al jardín!

Jaela vio que la niña tenía razón.

Estaba lloviendo bastante fuerte, así que la tarde sería muy húmeda.

—Será mejor que estudiemos hoy un poco más— dijo—. Así mañana, si hace un día bonito, podremos quedarnos más fuera. Kathy no habló al momento y Jaela comprendió que se sentía desilusionada. Después exclamó:

—¡Mañana tendré a Rufus conmigo y será más divertido!

—Exactamente. Y ahora, como sé que te encanta, te daré una lección de Música.

Los ojos de Kathy se iluminaron.

Le gustaba escuchar a Jaela tocar el piano e incluso estaba aprendiendo una sencilla melodía para tocársela a su padre.

Había un piano vertical en el Sala de los Niños. Jaela acababa de sentarse ante él cuando, para su sorpresa, se abrió la puerta y entró la Señora Matherson.

—Pensé que estarías aquí, Katherine— dijo Sybil—. Ven, tengo algo muy emocionante que contarte.

—¿Qué es?— preguntó la niña.—. Algo que te entusiasmará, seguro.

Jaela, por cortesía, se había levantado de la banqueta y miraba en silencio a Kathy y a la visitante.

Sybil Matherson iba vestida de negro, lo que la favorecía mucho por su cabello rubio y sus ojos azules.

Se sentó en una silla baja y tomando a Kathy de la mano, dijo:

—No sé si tú lo sabes, pero estoy escribiendo un libro sobre el Castillo y cómo era en los viejos tiempos.

—¿De verdad? Eso estudio yo también. ¿Tendrá dibujos su libro?

—Así lo espero— contestó sonriendo Sybil Matherson—. Hoy he venido para asegurarme de que mi descripción de la Torre sea correcta..., ¿y qué crees que he encontrado?

—No lo sé..., ¿qué?— preguntó Kathy.

—¡Un pasadizo secreto que, estoy segura, nadie, ni siquiera tu padre, sabe que existe!

—¿Un pasadizo secreto?— exclamó Kathy—. ¡Qué interesante!

—¿Verdad que sí? Sé que tu padre ha salido, así que tal vez quieras verlo tú antes que nadie.

—¡Si, sí, quiero verlo!— palmoteó la niña.

—Entonces ven y te lo mostraré.

Sybil se puso en pie y cogió a Kathy de la mano. Jaela se adelantó antes de que llegaran a la puerta.

—Espero, Señora Matherson, que yo pueda ir también. Sybil Matherson titubeó, como si no hubiera pensado antes en ello.

—La señorita Compton debe venir— intervino Kathy—. Ella me ha estado contando sobre los daneses y cómo los ingleses los vigilaban desde la Torre y los mataban con sus flechas. Sybil Matherson sonrió.

—Entonces, desde luego, la señorita Compton debe venir con nosotras.

Jaela abrió la puerta y la visitante, con Kathy de la mano, salió primero.

Ella las siguió, pensando con extrañeza en el interés de la señora Matherson por el Castillo.

Aunque estuviera dedicada a escribir un libro sobre él, resultaba sorprendente que se ocupara de explorar el Castillo cuando aún no había sepultado siquiera a su esposo.

Jaela había oído decir que el funeral tendría lugar dos días más tarde.

Como el señor Matherson había sido un hombre importante en el Condado, las honras fúnebres serían solemnes. Su esposa, por cierto, no parecía muy afectada por la pérdida.

Jaela pensó, sin embargo, que debían haber sido muy duros para ella los últimos años, desde que su esposo quedara paralítico.

«Se muestra más sensata que si estuviera llorando y gimiendo», se dijo mientras recorrían el pasillo.

Descendieron luego por una escalera de servicio, que había en un extremo del primer piso y llevaba cerca de la Torre. Jaela estaba al tanto de que había escondites para espiar, pasadizos y puertas secretas, así como calabozos, en muchas de las antiguas mansiones inglesas. Su padre le había hablado con frecuencia de tales cosas.

Se internaron por la parte más antigua del Castillo, que raramente se utilizaba.

Allí las habitaciones, que eran pequeñas y de techo bajo, estaban cerradas en su mayor parte. El pasillo terminaba donde la casa se unía con la vieja Torre. Sin embargo, en lugar de entrar y subir por la escalera en espiral, como lo habían hecho Jaela y Kathy unos días antes, Sybil Matherson giró a la derecha y las condujo por otro pasillo más oscuro y estrecho, recubierto de paneles de madera tallados con cierta tosquedad.

Debían de estar ahora, calculó Jaela, casi en la parte posterior de la Torre. De pronto Sybil Matherson se detuvo. En el suelo había una linterna con una vela encendida en su interior.

La tomó y dijo a Kathy:

—Bien, ahora te enseñaré lo que he descubierto. Deslizó los dedos por uno de los paneles y, al ceder éste, Kathy lanzó un grito de sorpresa y excitación.

—Seguro que a tu padre le interesará mucho esto— afirmó Sybil.

—¡Pero yo lo conoceré primero!— dijo Kathy y dio un paso adelante.

Jaela tendió una mano hacia ella.

—Ten cuidado— la previno—, puede haber escalones.

—Los hay— confirmó Sybil Matherson—. Por eso traje la linterna.

Al decir esto alzó la luz e indicó a Kathy:

—Baja con mucho cuidado, yo te alumbraré el camino.

—Creo que eso es bastante arriesgado— opuso Jaela—. Déjame entrar primero y, cuando llegue abajo, alumbraré con la linterna para que Kathy pueda ver dónde pone el pie.

Recordaba los gastados escalones de la Torre y temía que la niña pudiera caerse y lastimarse. Casi a regañadientes, como si considerase que Jaela se estaba entrometiendo, Sybil Matherson le dio la linterna.

—Muy bien, señorita Compton— dijo—. Vaya usted primero y Kathy puede seguirla.

Sólo son unos seis escalones, después el pasadizo prosigue recto.

Con la linterna hacia abajo para poder ver mejor los peldaños, Jaela bajó con lentitud. Cuando sus pies tocaron suelo llano, se volvió y levantó la linterna para alumbrar a Kathy, que esperaba impaciente en lo alto.

—Baja con mucho cuidado— dijo—, y cógete a mi mano. Estiró la derecha al decir esto y ayudó a Kathy a bajar los escalones. Éstos eran altos y, como suponía gastados por los años.

—¡Estamos en un cueva!— exclamó la niña, emocionada, al llegar abajo.

Quiso seguir adelante, pero Jaela no le soltó la mano.

—Debemos esperar a la señora Matherson— dijo. Levantó la linterna para que Sybil Matherson pudiera ver y, sorprendida, se dio cuenta de que mientras ella ayudaba a bajar a Kathy, la puerta se había cerrado.

—¡Señora Matherson!— llamó.

No obtuvo respuesta y su voz pareció ser absorbida por las tinieblas que las rodeaban.

Por su mente, como un relámpago, cruzó una idea estremecedora.

—¡Señora Matherson!— volvió a llamar.

Como tampoco ahora hubo respuesta, comprendió que estaban atrapadas.

—¿A dónde se ha ido?— preguntó Kathy—. Iba a mostrarnos el pasadizo secreto.

—Sí, lo se.— contestó Jaela con una voz que no le sonó como suya—. Pero tal vez sea mejor que lo exploremos nosotras solas.

Entonces se le ocurrió otra idea.

—Creo que debemos ver si le ocurre algo a la señora Matherson— dijo a Kathy—. Tal vez no se siente bien.

Al decir esto, puso la linterna en la mano de la niña.

—Sujeta esto, querida, y no te muevas. De otro modo, podría caerme por la escalera.

—No, no, la sujetaré bien— afirmó Kathy.

Jaela subió los peldaños y entonces comprobó que el panel que cubría la abertura estaba encajado en su sitio. No encontró ningún cerrojo y tampoco ninguna moldura que pudiera ocultar algún resorte secreto.

¡No había modo de abrir! Esto confirmó su sospecha de que, aunque pareciera increíble, la señora Matherson las había encerrado allí para librarse de ellas.

La situación le hizo recordar que a todos había sorprendido la muerte del señor Matherson, ya que éste, pese a su invalidez, era un hombre muy fuerte.

Jaela era lo bastante perspicaz para haberse dado cuenta de cuáles eran los sentimientos de la señora Matherson respecto al Conde.

No era agradable admitirlo, pero estaba convencida de que aquella mujer se había vuelto loca y pretendía «despejar el camino» para que no hubiera nada que impidiera al Conde casarse con ella ahora que ambos eran libres.

«¡No puede ser cierto! ¡Debo estar imaginándolo!», pensó Jaela con desesperación.

Pero allí estaba la evidencia; no había forma de abrir el panel desde dentro, y a menos que pudiera encontrar una forma de salir del pasadizo secreto, tanto ella como Kathy morirían.

—¿Qué está usted haciendo, señorita Compton?— preguntó la niña desde abajo—. ¿Dónde está la señora Matherson?

Jaela no tuvo más remedio que recurrir a una mentira.

—Creo que está jugando con nosotras, ¿sabes? Debe de ser algún juego nuevo. Nosotras tenemos que ser más listas y encontrar la salida. ¿Quieres que vayamos a explorar?

—Es que... está muy oscuro.

—Sí, eso es verdad.

Jaela empezaba a ser invadida por el terror de la situación y hubiera querido ponerse a gritar pidiendo auxilio. Sin embargo, sabía que sería inútil hacerlo y con ello únicamente asustaría a Kathy.

Se daba cuenta de que estaban debajo de la Torre y muy lejos de todo ser humano. Nadie las oiría..., y nadie tendría nunca la menor idea de dónde podían haberse metido.

«¿Qué haré?¡Oh, Dios mío!, ¿qué podemos hacer?» Mientras tomaba a Kathy de la mano, empezó a pedir auxilio a sus padres con desesperación:

«¡Papá, mamá, ayúdennos!... ¡Kathy y yo no podemos morir de esta manera absurda y... espantosa!»

Habían empezado a avanzar con mucho cuidado y no tardaron en ver que, a la izquierda, el pasadizo se ensanchaba un poco.

Allí había algo que parecía un montón de trapos viejos. Al acercarse, Jaela se percató de que el pasadizo había llegado a su fin. Frente a ellas sólo había un sólido muro de piedra.

En realidad, el lugar en que la señora Matherson las había encerrado no era un pasadizo, sino una especie de cueva bajo la Torre que debía de haberse usado en otros, tiempos como cava o tal vez como mazmorra.

Alzó un poco la linterna y miró con mayor atención el montón de trapos, en cuyo centro brillaba algo. Entonces, con un horror escalofriante, supo que había encontrado el cadáver de Lady Anstey. Rápidamente para evitar que Kathy viera lo mismo que ella, dio la vuelta con la niña para volver por donde habían llegado.

—¿No podemos ir más allá?— preguntó Kathy.

—No..., no, querida —contestó Jaela, que hubo de hacer un esfuerzo para hablar. Con voz temblorosa, añadió:

—Creo que será más cómodo sentarnos en la escalera. Aquí el suelo puede estar húmedo.

—No es un pasadizo secreto muy interesante, ¿verdad, señorita Compton?

—No, no lo es. Fue mucho más divertido subir a lo alto de la Torre.

—¡Sí, sí!..., ¿por qué no subimos otra vez?

Habían llegado a la escalera.

Jaela se sentó en uno de los escalones más bajos y ayudó a Kathy a hacerlo junto a ella.

—Me temo que tendremos que esperar..., hasta que la señora Matherson abra el panel y podamos salir— respondió.

—Tendremos que decirle que no encontramos ninguna otra forma de salir.

—Ella... ella sabe que no la hay.

—¡Qué juego más tonto!— se impacientó Kathy—. Yo quiero volver a subir a la Torre.

—Esta bien, cariño, lo haremos tan pronto como salgamos.

—Si gritamos, tal vez ella abra la puerta, ¿no?

Jaela rodeó a Kathy con un brazo y la apretó contra sí.

—Te voy a contar un cuento— dijo—, y después..., tal vez tú puedas contarme uno a mí.

—Primero tú— dijo Kathy.

Jaela había dejado la linterna a sus pies. Ahora la levantó y la puso en un escalón más alto.

La luz reveló el macizo techo de piedra bajo el cual estaban. El aire no era pesado, ni maloliente y podían respirar con facilidad.

Jaela supuso que había rendijas disimuladas en los muros, por los cuales entraba el aire de fuera. Cuando la linterna se apagara, lo que sucedería al cabo de unas dos horas, tal vez pudieran percibir una tenue luz procedente del exterior.

Aun así, por mucho que gritaran, no era probable que alguien las oyera.

«¡Ayúdennos, por favor..., ayúdennos!», rogó mentalmente de nuevo.

Aunque ella tuviera que morir, pensó, la niña, que tenía tan pocos años, debía vivir.

Hora y media más tarde, aproximadamente, la vela de la linterna chisporroteó súbitamente y se apagó.

Kathy empezó a sentirse asustada entonces.

—No me gusta estar aquí, encerrada y a oscuras, señorita Compton— dijo—. Por favor, salgamos de aquí.

—Quisiera que pudiéramos hacerlo— suspiró Jaela—. Pero me temo, queridita, que la señora Matherson se ha olvidado de nosotras.

—¿Cómo se puede haber olvidado? ¡No podemos quedarnos aquí siempre!... ¡Nos dará hambre!

—Eso es verdad. Y como la señora Matherson se ha olvidado de nosotras, vamos a tener que rezar con todo nuestro corazón para que cuando tu padre llegue a casa y vea que hemos desaparecido, decida inspeccionar todo el Castillo hasta encontrarnos.

Kathy se quedó pensando en esto y recordó a Jaela:

—La señora Matherson dijo que nadie conocía este pasadizo secreto más que ella.

—Pero... supongo que tu padre sí lo conoce— murmuró Jaela, mas para sí pensó que nadie, mucho menos el Conde, tenía idea de que era así como la señora Matherson había asesinado a Lady Anstey.

Estaba todavía afectada por la impresión que le había causado ver el cráneo de la mujer, cuando brilló a la luz de la linterna entre los restos de lo que debía haber sido un elegante vestido.

Una vez más, sintió deseos de gritar horrorizada, mas debía procurar que Kathy no se sintiera asustada.

Jaela no podía creer que Dios se hubiera olvidado de ellas y las dejara morir de aquella forma horrible.

Con voz sorprendentemente firme, dijo a la niña:

—Ahora, las dos vamos a rezar a nuestros Ángeles de la Guarda para que ellos, por el medio que sea, le digan a tu padre dónde encontrarnos.

—¿Crees que el Ángel de mi Guarda me oirá aquí, en este sitio tan feo y oscuro?— preguntó Kathy.

—Si cierras los ojos y rezas con mucho fervor, tu Ángel y el mío nos oirán y permanecerán cerca de nosotras.

Kathy unió las manos y Jaela la oyó susurrar una oración. Sintió que las lágrimas acudían a sus ojos y, con todo el corazón, elevó una súplica no sólo a su Ángel de la Guarda, sino también al Conde.

Sin duda, éste comprendería que algo malo les había sucedido.

«¡Sálvenos, sálvenos!», pedía con todas las fuerzas de su mente.

Si alguien más desaparecía de forma tan misteriosa como Lady Anstey, pensó, los rumores empezarían a correr de nuevo y la gente quedaría convencida de que el Conde era un asesino.

Todos dirían que se había librado de ella y de su hija igual que se había librado de su amante.

«¡Sálvenos... oh, sálvenos!», continuaba suplicando, en tensión todos los nervios de su cuerpo, como para impulsar el angustioso mensaje.

Fue entonces cuando comprendió súbitamente que amaba al Conde.

*

El Conde volvió al Castillo a últimas horas de la tarde, con los perros spaniel corriendo junto a él.

Su amigo, que tenía una preciosa perra de esta raza, se había puesto muy contento al ver los tres perros del Conde.

—Creo que debemos dejar que Bella elija su pareja— dijo.

Rover, al más grande y fuerte de ellos resultó el favorito de Bella, así que el Conde y su amigo se llevaron a Rufus y Bracken, a la casa y se sentaron a conversar, sobre perros y caballos, hasta que el mozo encargado de los animales fue a decirles que todo estaba en orden.

Cuando el Conde se levantó para marcharse, su amigo le dijo:

—No olvidaré, Halesworth, que prometí reservarte el derecho a elegir el cachorrito que más te guste de la camada.

—Quiero un cachorro realmente bonito para mi hija Katherine— manifestó el Conde.

Su amigo sonrió.

—Ya me dijeron que había vuelto a tu lado.

—Sí, ha vuelto a casa y estoy muy contento de tenerla conmigo.

—Espero que la traigas, no sólo para que vea a mis perros, sino también para que conozca a mi hijo. Ahora está con mi esposa, de visita en casa de su abuela, pero la próxima vez que vengas, tráete a Katherine.

—Lo haré, te lo prometo.

El Conde volvió a caballo a casa, pero lo hizo a paso moderado, en consideración a los perros que lo seguían. Disfrutaba mucho al cabalgar por la campiña.

Había estado lloviendo a primera hora de la tarde, pero ahora lucía de nuevo el sol y todo se veía fresco y primaveral. Esto le hizo pensar en Jaela.

También en ella había algo muy juvenil y primaveral, aparte de que poseía una mente muy sagaz y cuanto decía era original e ingenioso. Todas éstas eran cualidades que hasta entonces no había encontrado en una mujer.

Había descubierto que, invariablemente, la conversación femenina se volvía trivial al cabo de muy poco tiempo. Cuando no le estaba haciendo el amor a una mujer, prefería la compañía de un hombre.

Por hermosa que fuera una mujer, en cuanto se alejaba de ella no podía recordar que hubiera dicho nada realmente estimulante.

Incluso la Embajadora Rusa, en la que no había pensado desde hacía ya mucho tiempo, tenía la costumbre de repetirle historias y anécdotas carentes de verdadero interés, y además esperaba que él le riera los mismos chistes de siempre.

Sus pensamientos volvieron a Jaela.

«¿Cómo puede ser tan joven y, al mismo tiempo, tan inteligente?», se preguntó.

Hasta que no encontrase la respuesta al enigma en que la joven se había convertido para él, no quedaría satisfecho. Jaela era una dama, de eso no le cabía la menor duda. Se vestía de forma exquisita y con vestidos caros. Entonces, ¿por qué razón era institutriz de una niña? ¿Y por qué se mostraba tan misteriosa respecto a sí misma? A menos, desde luego, que se estuviera ocultando de alguien.

¿Tal vez de un marido que era cruel con ella..., quizá de un amante con el que no quería casarse?

Pero no…, él hubiera apostado hasta el último penique a que, no obstante su apariencia refinada y su inteligencia, Jaela Compton era muy joven e inocente.

Su experiencia le decía que ni siquiera la habían besado nunca. Había en ella un extraño halo de pureza, algo que jamás había encontrado en ninguna mujer.

Pero lo cierto era que él se movía en el ambiente social de Londres, donde la pureza era una cualidad casi desconocida.

Al detenerse frente a la puerta del Castillo, pensó que llamaría a Kathy para que fuese a tomar el té con él, y Jaela la acompañaría, naturalmente.

¿Se atrevería a sugerirle que cenara con él aquella noche, ya que estaba solo?

Decidió que sería un error, ya que los sirvientes murmurarían. Al fin y al cabo, ella era sólo una institutriz.

Mejor sería llamarla después de cenar y decirle que llevara consigo los álbumes de sellos. Eso sería buena excusa para entablar conversación con ella. Luego, cuando el tema se hubiera agotado, trataría de descubrir más cosas sobre ella.

Acudió un caballerango para hacerse cargo del caballo. El Conde desmontó, dio varias palmadas en el pescuezo de Júpiter y dijo:

—Hoy no se ha cansado.

El caballerango sonrió.

—No, Señoría, viene casi tal como se fue.

El Conde subió la escalinata y entró en el Vestíbulo donde lo esperaban Whitlock y dos lacayos.

Uno de ellos le cogió el sombrero y el otro los guantes.

—Voy a tomar el té en el estudio— dijo a Whitlock.

—Todo está dispuesto, Señoría— contestó el mayordomo.

—Pida a Lady Katherine y a la señorita Compton que vengan a reunirse conmigo— ordenó el Conde, dirigiéndose al estudio.

Dos de los perros lo siguieron, mientras Rufus subía corriendo la escalera junto al Lacayo, en dirección a los salones infantiles.

El Lacayo encontró éstos vacíos y bajó para comunicárselo a Whitlock. El mayordomo entró en el estudio y el Conde levantó la mirada al oírlo.

—No hay señales de Lady Katherine en sus habitaciones, Señoría. Es extraño, porque yo no sé que hayan salido, y Charles ha estado en el vestíbulo toda la tarde.

—Entonces estarán en otra parte del Castillo. Búsquenlas— ordenó el Conde.

—Bien, Señoría.

Después de un rato sin tener noticias de Whitlock, el Conde se sirvió una taza de té con cierto aire de preocupación. ¿Dónde estaría Jaela Compton y la niña?

Jaela debía haber sabido que el desearía ver a su hija en cuanto regresara a casa.

Whitclock entró de nuevo en el Estudio.

—Hemos buscado y preguntado hasta en las caballerizas, Señoría, pero no han estado allí desde esta mañana.

—¿Han buscado ya por todas partes?

—Por todas, Señoría.

—¿Y nadie las ha visto desde la hora del almuerzo?

—Así es, Señoría.

Witlock titubeó, lo que no pasó inadvertido al Conde.

—¿Qué sucede?

—No sé si tendrá relación, Señoría. Uno de los chicos de las caballerizas dice que vio un caballo alejarse de la Torre al mediodía.

—¿Y quién lo montaba?

—Dice el chico que era una mujer. No está muy seguro, pero le pareció que era la señora Matherson.

—¿La Señora Matherson?Eso no parece muy probable.

—Lo mismo pienso yo, Señoría, ya que el funeral no ha tenido lugar todavía.

—¿Y dice que el caballo se alejaba de la Torre?

—Eso asegura el chico, Señoría.

El Conde, recordando que Sybil Matherson iba a verlo por la noche sirviéndose de una puerta lateral de la Torre que nadie más utilizaba, se puso de pie. Los dos spaniels, que estaban tumbados sobre la alfombra, se levantaron expectantes. Entre ellos estaba Rufus, que había regresado con Whitlock.

El Conde salió del Estudio y tomó el pasillo que conducía a la Torre, seguido por los tres perros.

Se preguntaba, enfurecido, qué era lo que Sybil, si de verdad era ella, hacía en el Castillo.

¿A qué había ido en su ausencia?

—Si se trataba de una visita para pedirle ayuda en la preparación del Funeral, ¿por qué no había llamado a la puerta principal? Tuvo entonces el presentimiento de que algo grave sucedía. Al pensar esto se dio cuenta de que era algo que lo inquietaba desde que iniciara el regreso a casa.

No resultaba sencillo definirlo, pero aquella extraña sensación lo tenía desasosegado mientras pensaba en Jaela y ahora se sentía realmente asustado.

Llegó a la parte más antigua del Castillo, donde las habitaciones permanecían cerradas desde hacía mucho tiempo. Al fondo se encontraba la Torre y, al lado derecho de ésta, la puerta que daba al jardín y que Sybil utilizaba cuando iba a visitarlo subrepticiamente.

Rápidamente, el Conde entró en la Torre y subió con la mayor velocidad posible la escalera de caracol. La puerta superior, que permitía el acceso a las almenas, estaba cerrada. Mientras la abría, pensó que era muy improbable que las encontrara allí.

Una mirada le bastó para comprobar que no se equivocaba. Entre tanto descendía sintiendo el corazón latir casi desbocado en su pecho, la situación le recordó vivamente otra anterior: cuando desapareció Myrtle y fracasó rotundamente en su intento de hallarla.

—¡Oh, Dios mío!— exclamó entre dientes—. ¡Aquello no puede estar repitiéndose ahora!

Había pasado ya la primera de las habitaciones cerradas, cuando percibió un extraño sonido a sus espaldas y miró. Dos de los perros iban pegados a sus talones, pero faltaba Rufus.

Oyó de nuevo el ruido que lo había alertado un momento antes. Volvió sobre sus pasos y se dio cuenta de que provenía del pasadizo que formaba una curva alrededor de la Torre y terminaba luego abruptamente, pues había sido tapiado un siglo antes.

Silbó para llamar a Rufus, pero éste no acudió. En cambió siguió oyéndose un ruido como de rasguños.

Retrocedió un poco más y, asombrado, vio que Rufus rascaba desesperado un panel de roble que cubría parte del pasadizo. Se acercó al perro.

—¿Qué haces, muchacho? ¡No puedes atravesar esa pared de madera!

Rufus no le prestó atención y, entre gemidos, seguía rascando frenético con las patas delanteras.

Entonces el Conde observó el panel y recordó que había otros pasadizos en el Castillo a los que sólo se podía entrar por una puerta secreta.

Asaltado por una sospecha, recorrió con los dedos el panel por encima de la cabeza del perro, que continuaba rascando. Sólo le llevó unos segundos encontrar un resorte que, al oprimirlo, hizo ceder el panel.

Antes de que hubiera podido correrlo lo suficiente para entrar, ya Rufus se precipitaba por la abertura.

Al momento se oyó un grito de alegría de Kathy, que subió los escalones atropelladamente hasta llegar a su padre.

—¡Papá! ¡papá! ¡Estaba rezando para que vinieras a salvarme! ¡Tenía miedo! ¡Oh, Papá, estaba tan asustada en este sitio tan feo y oscuro...!

El Conde la alzó en sus brazos y ella ocultó el rostro lloroso en su hombro.

—Ya pasó todo, querida— le dijo él—. Tranquilízate. Entonces vio que Jaela subía lentamente los escalones. Estaba muy pálida, pero aunque las lágrimas brillaban en sus ojos, sonreía.

El Conde le tendió una mano y la joven se aferró a ella.

—¿Está usted bien?— preguntó el Conde.

Notó que los dedos de ella temblaban.

—Ha sido... espantoso— repuso Jaela con voz que apenas se oía—. Pero Kathy se ha mostrado muy valiente.

—Hemos estado horas y horas en la oscuridad— se quejó la niña.

—Es Rufus quien las ha encontrado. Deben agradecérselo— dijo el Conde y dejó en el suelo a la niña, que de inmediato abrazó al perro y ocultó el rostro en su pelaje suave.

El Conde miró a Jaela.

—¿Qué ha sucedido?— preguntó.

—Fue la señora Matherson— respondió ella—. Tengo algo que decirle, pero no en presencia de Kathy.

Los dedos masculinos apretaron los de Jaela, y ella pensó que era lo más reconfortante que había sentido en su vida.

Entonces, al fijar su mirada en la de él, advirtió que se hablaban sin necesidad de palabras y supo lo desesperado que había estado el Conde.

—En el Estudio está servido el té, Kathy— dijo el Conde a su hija—, y creo que Rufus se merece un buen trozo de pastel.

—¡Y se lo voy a dar, papá!— respondió Kathy—. ¡Oh, qué listo eres, Rufus!

Se puso en pie y echó a correr por el pasillo, mientras el perro la seguía.

El Conde soltó la mano de Jaela y ambos empezaron a andar tras de Kathy.

—¿Quiere decir— preguntó él en voz muy baja—, que Sybil Matherson intentó..., matarlas?

Jaela asintió con esfuerzo.

—Lady Anstey está ahí— dijo—. He visto su esqueleto..., afortunadamente, Kathy no se ha dado cuenta.

El Conde se puso rígido.

—Conozco otros escondrijos secretos del Castillo, pero no tenía idea de que existiera ése. De no ser por Rufus...

—La Señora Matherson vino a decirnos que acababa de descubrirlo. Creo que tenía intención de dejar ahí a Kathy para que muriera sola, pero yo insistí en entrar también.

—¡Gracias a Dios por ello!— exclamó el Conde.

Sólo cuando se reunieron en el Estudio con Kathy, Jaela se dio cuenta de que corrían por sus mejillas lágrimas de alivio. Debía haber subido a su dormitorio, pero el Conde, con mucha gentileza, la hizo sentarse y le dio su pañuelo.

—No hay ninguna prisa— le dijo con voz suave—. Las he encontrado y doy gracias a Dios con todo mi corazón, porque no les ha sucedido nada irreparable.

Jaela levantó hacia él sus ojos húmedos de lágrimas, y el Conde supo que la amaba como jamás había amado a una mujer. ¡Era suya y no permitiría que nadie se la arrebatase!

Capítulo 7

EL Conde se acercó a la mesa donde estaba el té, sirvió una taza y le puso un poco de brandy antes de dárselo a Jaela. Ella se sentía casi demasiado débil para tomarla.

—Bébalo— la animó el Conde con suavidad.

Jaela tomó un trago y, al notar que tenía brandy hizo una leve mueca.

—Todo— insistió el Conde.

Debido a que era más fácil obedecer que discutir, Jaela hizo lo que le decía.

Después el Conde puso la taza en la mesa y dijo a su hija.

—Ven aquí, Kathy. Quiero hablar contigo.

—Le he dado a Rufus un trozo muy grande de bizcocho— dijo la niña—, pero Bracken y Rover se han puesto celosos, así que les he dado un poco a ellos también.

—Está bien. Pero ahora quiero que me escuches.

Kathy se levantó obediente y se acercó a su padre, que la sentó en sus rodillas.

—Escucha bien lo que voy a decirte; tú y la señorita Compton han sufrido una experiencia muy desagradable.

—Sí, yo tenía mucho, mucho miedo en ese sitio tan oscuro.

—Lo sé, cariño, y también sé que has sido una niña muy valerosa e inteligente. Ahora quiero que me prometas, y le pido lo mismo a la señorita Compton, que se guarde en secreto lo sucedido.

—¿Guardarlo, papá?

—Sí, Kathy. Quiero que lo ocurrido sea un secreto que sólo tú, la señorita Compton, Rufus y yo sepamos. Y no debemos contárselo a nadie más.

Kathy se echó a reír.

—¡Rufus no lo contará porque no sabe hablar!

—Y tú no debes hacerlo, aunque sepas.

—¿Por qué?— preguntó Kathy.

—Porque ha sido una broma estúpida de una mujer mala y no quiero que nadie sepa que han sido tan inocentes como para hacer lo que ella les dijo.

—¡Es verdad, esa señora es malísima!— exclamó Kathy, indignada.

—Estoy de acuerdo contigo, pero quiero que me des tu palabra, como me la dará la señorita Compton, de que no contarás a nadie lo que ha pasado.

El Conde miró a Jaela y ella dijo:

—Se lo prometo.

—Yo lo prometo también— dijo Kathy—. Ahora, ¿puedo dar más bizcocho a Rufus?

—Creo que se lo merece— respondió el Conde.

Impulsiva, Kathy rodeó con los bracitos el cuello de su padre.

—¡Gracias, papá, a ti y a Rufus, por salvarnos!

Antes de que él pudiera contestar, saltó de sus rodillas y Jaela alcanzó a ver la expresión del Conde. Supo entonces que lo que ansiaba se había convertido en realidad; el Conde amaba a su hija tanto como ella.

Él se puso en pie y se acercó a Jaela. Le tendió la mano para ayudarla a levantarse y dijo:

—Váyase a la cama. Ha tenido suficiente por hoy.

Ella no contestó, pero de forma casi instintiva, sus dedos apretaron los del Conde.

—Yo explicaré que tiene usted jaqueca— añadió él—. Subiré a Kathy más tarde y Elsie puede encargarse de acostarla. Jaela emitió un leve murmullo, pero no protestó cuando él la condujo hacia la puerta.

Después de abrir ésta, el Conde se llevó la mano de Jaela a los labios y la besó.

—Gracias— dijo en voz baja.

Jaela salió del Estudio y él cerró la puerta sin ruido. Cuando la joven llegó a su dormitorio, estaba agotada a tal punto, que se sentía al borde del desmayo. Desnudarse le supuso un esfuerzo casi sobrehumano. Ya en la cama, pensó que el Conde tenía razón al decir que había sido suficiente para un día.

¡Jamás olvidaría la agonía que había sufrido en la oscuridad! Sólo hablando con Kathy de forma continua y contándole historias evitó que la niña se pusiera histérica de miedo. Mientras, ella se preguntaba cuánto tardaría en morir. Esperaba, y pidió al cielo que así fuera, que Kathy muriera primera para que no se quedara sola.

Ahora, gracias a Dios, todo había pasado.

El Conde las había salvado.

—Es maravilloso— murmuró en voz baja—. ¡Y yo... lo amo!

Con estas palabras en los labios, se quedó dormida.

*

A la mañana siguiente, el Conde no salió temprano a cabalgar como solía, sino que bajó tarde a desayunar.

Antes de salir de su dormitorio, había enviado a un caballerango, en uno de sus caballos más rápidos, a pedir al Comisario que fuera a verlo tan pronto como le fuera posible.

Mientras esperaba, se preguntaba qué le diría sobre el hallazgo del cadáver de Lady Aüstey.

Sólo cuando terminó de desayunar advirtió que no había leído ni una palabra del periódico que tenía delante.

Lo cogió y se lo llevó al estudio.

Sin hacer caso de la pila de cartas que había sobre su escritorio, se sentó en un sillón y desplegó el periódico.

Su cerebro, sin embargo, se negaba a asimilar el artículo sobre la situación política que pretendía leer. Tampoco logró captar su atención el regreso del Príncipe de Gales de Marienbad. En cambio, pensaba si debía involucrar a Sybil Matherson en lo sucedido o no.

Si contaba la verdad, aunque sólo fuese al Comisario, el asunto se convertiría en un escándalo. Todavía estaba dando vueltas en su mente al problema, cuando se abrió la puerta y, sin ser anunciada, entró Sybil Matherson.

Por un momento él no se movió. Se limitó a mirarla fijamente, con expresión de incredulidad. Sybil cerró la puerta y corrió hacia él.

—¡Mi queridísimo Stafford!— exclamó—. ¡Tenía que venir a verte! He sabido que tu hija había desaparecido y supongo lo preocupado y ansioso que estarás.

Lo miraba con expresión anhelante. Haciendo un gran esfuerzo para contenerse, el Conde se puso de pie.

—¿Sabes lo que estás diciendo, Sybil?— preguntó.

—Me he enterado esta mañana, al despertar, de que la pequeña y querida Katherine ha desaparecido. ¡Oh, Stafford, lo siento tantísimo! Tenía que estar a tu lado para ayudarte y consolarte!

El Conde seguía mirándola con fijeza y sin decir nada.

Después, cuando ella le puso las manos en los hombros y le acercó los labios, dijo con viveza:

—Un momento, Sybil.

La hizo a un lado, cruzó la habitación y abrió la puerta. No había ningún sirviente en el corredor. Sin duda Sybil había llegado de forma subrepticia, a través de la puerta de la Torre.

Le llevó sólo unos segundos llegar al vestíbulo y decir al lacayo de guardia:

—¡Pide a la señorita Compton que venga al estudio inmediatamente!

—Al momento, Señoría.

El Conde volvió al estudio.

—¿A dónde has ido?— preguntó Sybil con desconfianza.

—A asegurarme de que no nos molesten.

El rostro de ella se iluminó.

~ 141 ~

—¡Oh, mi querido, mi maravilloso Stafford, no sabes cuánto te he echado de menos! Pero después del funeral, que tendrá lugar mañana, cuando se hayan ido todos los odiosos familiares de Edward, podremos estar juntos.

—¿Es eso lo que quieres?— preguntó el Conde.

—Bien sabes que sí. ¡Te amo! ¡Oh, Stafford, te quiero tanto...!

El Conde percibió en su voz un alarmante matiz de histeria. Se alejó de ella y, situado de espaldas a la chimenea, pidió:

—Cuéntame cómo te has enterado de la desaparición de Katherine.

—Pues... es lo que me han dicho. No puedo imaginar qué le ha sucedido.

El Conde no contestó y ella, nerviosa, prosiguió diciendo:

—Tal vez se ha ido a Italia en busca de su madre. A los niños les resulta difícil adaptarse a un sitio nuevo.

El Conde apretó los labios. Había en sus ojos una expresión que cualquiera hubiera calificado de amenazadora. Entonces se abrió la puerta y él volvió la mirada, esperanzado. Fue Whitlock quien entró para anunciar:

—¡El Comisario Jefe, Sir Alexander Langton, Señoría!

El Comisario, un hombre de aspecto distinguido, que había servido por algún tiempo en el Ejército, entró en la estancia. Vestía traje de montar y el Conde supuso que había suspendido el cotidiano paseo a caballo en cuanto recibió su mensaje. Le salió al encuentro con la mano extendida.

—Ha sido muy atento al venir tan pronto, Sir Alexander— dijo—, ya que lo necesito con urgencia.

El Comisario pareció sorprendido mientras el Conde añadía:

—Creo que ya conoce a la señora Matherson, ¿verdad?

—Sí, por supuesto.

El Comisario estrechó la mano a la mujer.

—Le ruego acepte mis más profundas condolencias— dijo—. Apreciaba mucho a su esposo y creo que todos vamos a echarlo de menos.

Sybil Matherson iba a contestar, cuando Jaela entró en el estudio.

El Conde, que estaba mirando a Sybil con fijeza, se dio cuenta de que se había quedado petrificada por la sorpresa. Miraba a Jaela como si estuviese viendo a un fantasma y no a un ser humano.

—Buenos días, señorita Compson— saludó él—. Creo que ya conoce usted a la señora Matherson. ¿Me permite presentarle a Sir Alexander Langton, nuestro Comisario Jefe?

Jaela hizo una leve reverencia, primero a la señora Matherson y después al Comisario.

Entonces el Conde, sin pedir a nadie que se sentara, empezó a decir:

—Le he llamado aquí, Comisario, porque quiero que la señorita Compton le diga cómo descubrió ayer por la tarde los restos de Lady Anstey, quien, como usted recordará, desapareció hace ya tiempo.

Hizo una pausa antes de añadir con énfasis:

—Y como la señora Matherson está aquí, puede explicarnos cómo fue que, después de haber descubierto el esqueleto de Lady Anstey, no informó a nadie de dónde estaba.

Se produjo un tenso silencio.

El Comisario Jefe miró primero a Jaela y después a Sybil Matherson.

Ésta dijo, con palabras que se atropellaban en sus labios:

—¡Estoy segura, Comisario, de que no hará caso de las tonterías que le cuente una criada! Y si pretendes insinuar, Stafford, que yo tuve algo que ver con la desaparición de Myrtle Anstey, es una mentira, ¿me oyes? ¡una mentira!

Su voz se había elevado hasta convertirse en un chillido. En cambio, Jaela habló con suavidad al afirmar:

—Fue usted, señora Matherson, quien nos encerró a Lady Katherine y a mí en la oscura cueva que hay bajo la Torre, con la evidente intención de dejarnos morir allí..., lo mismo que hizo con Lady Anstey. ¡Yo vi sus huesos!

Sybil Matherson alzó los puños crispados.

—¡Miente usted, miente, miente!— gritó—. ¡Yo ni siquiera estuve ayer en el Castillo! ¡Nadie podrá demostrar que estuve aquí!

Se volvió hacia el Comisario y agregó:

—¡Está mujer que se llama a sí misma institutriz, está tratando de conquistar el favor de Su Señoría! ¡No le haga caso! ¿Cree usted posible que yo haya asesinado a Lady Anstey o a cualquier otra persona?

—Ciertamente parece increíble, señora Matherson— repuso el Comisario—, pero en mi posición estoy obligado a escuchar cuanto la señorita Compton tenga que decir.

—¡La Señorita Compton!— exclamó Sybil con todo el desprecio de que era capaz—. ¿Por qué va usted a escucharla?

El Comisario se volvió hacia Jaela, sacó una agenda del bolsillo y se volvió hacia el Conde, quien se apresuró a decir:

—Siéntese en mi sillón, Sir Alexander. Estará más cómodo.

El Comisario así lo hizo, colocó la agenda sobre el secante y tomó una pluma.

Mientras, Sybil Matherson puso su mano en el brazo del Conde.

—No hay razón para que me quede aquí a escuchar todas esas mentiras, Stafford.

—Ya que estás aquí— contestó él con frialdad—, ¡debes quedarte!

El Comisario estaba mirando a Jaela, que se encontraba en pie a la izquierda del escritorio.

—Tal vez deberíamos empezar, señora Compton— dijo en tono grave—, porque nos diera usted su nombre completo.

—Soy Jaela Compton, hija de Lord Compton de Mellor, que antes de su retiro fue Lord Canciller de Inglaterra.

El Conde se estremeció al oír esto y el Comisario dijo:

—Conocí a su padre, señorita Compton, y lo admiraba enormemente. No tenía idea de que conocería a su hija aquí, en el Castillo Hale.

Había en su voz un matiz de sorpresa que Jaela y el Conde no dejaron de captar.

—Debo explicarle— intervino el Conde con rapidez— , que la señorita Compton acaba de volver a Inglaterra porque vamos a casarnos muy pronto.

El Comisario sonrió y estaba a punto de hablar, cuando se oyó un agudo grito de Sybil Matherson.

—¿Cómo que te vas a casar con ella? ¡No puedes hacer eso, Stafford! ¡Te casaras conmigo! ¡Yo te amo, tú sabes cuánto te amo!

Trató de arrojarse en sus brazos, pero el Conde extendió una mano y la mantuvo alejada de sí.

—¡Contrólate, Sybil!— le ordenó con voz aguda.

—¡Vas a casarte conmigo!— gritó ella—. ¿Por qué, si no, maté a Edward, a la estúpida de Myrtle Anstey, incluso a tu hija! ¡Nadie, absolutamente nadie, puede impedir que seas mío! ¿Me oyes? ¡Mío, mío al fin!

Se hizo un silencio mientras el Conde, el Comisario y Jaela la miraban atónitos.

Aun en medio de su locura, Sybil Matherson comprendió lo que acababa de decir y corrió hacia la puerta sin dejar de repetir.

— ¡Eres mío!

Su voz continuó oyéndose mientras se alejaba por el vestíbulo.

Las tres personas que se habían quedado en el Estudio parecían petrificadas por la sorpresa. Por fin el Conde, comprendiendo que debía ir a ver lo que sucedía, salió del estudio.

Cruzó el vestíbulo, salió por la puerta principal y se detuvo en lo alto de la escalinata. Desde allí vio que Sybil Matherson se alejaba en un calesín tirado por dos caballos. Aquel vehículo no le pertenecía a ella, sino al Comisario; pero había saltado al pescante, tomando las riendas y golpeando a los caballos con el látigo, sin que el caballerango, que conversaba con uno de los lacayos al pie de la escalinata, pudiera evitarlo.

Ahora, viendo que le era imposible retener el carruaje que tenía a su cuidado, el caballerango se limitaba a seguirlo con la mirada. Unos segundos más tarde, el calesín desaparecía tras los robles que bordeaban el sendero.

—¡Es el calesín del Comisario, Señoría!— dijo Whitlock al Conde, innecesariamente.

El Conde, sin hacer ningún comentario, volvió al Estudio.

—Siento mucho decirle, Sir Alexander— dijo—, que la señora Matherson se ha llevado su carruaje y sus caballos.

El Comisario suspiró.

—¡Es evidente que está loca! Pero al fin la desaparición de Lady Anstey, que siempre me tuvo preocupado, ha quedado aclarada.

Los dos hombres se miraron en silencio.

Ambos pensaban que ahora el Conde había quedado libre del estigma de la sospecha, que lo habría seguido hasta la tumba de no haberse producido los últimos acontecimientos.

El Comisario cambió de tono al añadir:

—Me temo, Halesworth, que voy a darle la molestia de que me proporcione los medios para volver a casa.

—Estoy seguro de que Whitlock ha enviado ya orden a las caballerizas para que le tengan listo algún carruaje— repuso el Conde—, así que permítame ofrecerle algo de beber antes que se vaya.

El Comisario movió la cabeza de un lado a otro.

—Acabo de desayunar— dijo—. Además, considero importante ponerme en contacto con la señora Matherson inmediatamente.

El Conde no objetó nada y el Comisario tendió la mano a Jaela.

—Estoy seguro de que nos volveremos a ver muy pronto, señorita Compton. Permítame decirle que su padre será siempre recordado por su inteligencia y por su ingenio. Nuestro país sufrió una pérdida irreparable cuando él murió.

—Gracias— dijo Jaela con suavidad—. Yo lo echo muchísimo de menos, como usted comprenderá. Sin embargo, me consuela saber que ahora ya no sufre.

El Comisario le oprimió un hombro de manera confortante.

—Es usted una muchacha valerosa— dijo—. Y ahora tiene un joven muy inteligente para cuidar de usted. Espero que me inviten a la boda.

Y sin esperar respuesta, salió de la estancia seguido por el Conde.

Jaela se acercó a la ventana y miró el jardín bañado por el sol.

Casi no podía creer lo que había sucedido ni que el Conde, para salvar su reputación, hubiera dicho que iban a casarse. Siempre había supuesto que la gente se escandalizaría si supiera que la hija de Lord Compton estaba viviendo sola en el Castillo con el Conde.

Sobre todo, tomando en consideración lo apuesto que era él.

Ahora, se dijo, debía facilitar al Conde la tarea de recobrar su libertad. Antes de que él volviera, sabía ya, lo que debía decir. Estaba todavía mirando por la ventana y el sol convertía su cabello en una aureola de oro.

Con lentitud, el Conde cruzó la habitación para situarse de pie detrás de ella. Cuando se acercó un poco más a Jaela, ella se estremeció. Su corazón estaba reaccionando de una forma muy extraña.

—¿Por qué no me dijiste quién eras?— preguntó él—. ¡Y no sabes lo contento que estoy de que nadie siga pensando que tal vez soy un asesino!

—Usted... ¿sabía que pensaban eso?

—No soy ningún estúpido. ¡Lo veía en sus ojos, lo percibía en su tono de voz y me daba cuenta de que dejaban de hablar cuando yo estaba en una habitación!

—Habrá sido horrible para usted.

—¡Una pesadilla que espero poder olvidar ahora...! ¡Dios me perdone, pero creo que si te hubiera perdido a ti y a Kathy, me habría quitado la vida!

—Pero estamos las dos a salvo— dijo Jaela—. Mientras estaba usted afuera, he estado pensando precisamente en cómo librarlo de mi presencia.

—¿Crees que es eso lo que deseo?

—Usted ha salvado mi reputación; a cambio, ahora yo debo salvaguardar su libertad.

—¿Y cómo te propones hacerlo?

—Creo que lo mejor que puedo hacer, tan pronto como encuentre usted alguien que pueda cuidar de Kathy, es volver a Italia.

Hizo una pausa antes de concluir:

—Luego, pasados dos o tres meses sin que yo vuelva, puede anunciar que hemos cambiado de opinión y ya... no vamos a casarnos.

—¿Y eso es lo que tú quieres que suceda?— preguntó el Conde.

Jaela hubiera querido decirle que lo que ella deseaba era quedarse con él y con Kathy.

Pero esto era imposible ahora que había revelado quién era, para que el Comisario creyera lo que tenía que decirle sobre la señora Matherson.

Tal vez, pensó, la hubiera creído de cualquier modo. Lo único que había hecho, por lo tanto, era provocar que el Conde anunciara un compromiso matrimonial inexistente para salvar su reputación.

Y precisamente porque lo amaba, no podía atarlo a ella cuando él no lo deseaba.

—Si dentro de una semana o dos me voy a Italia y desaparezco— habló de nuevo—, pronto se olvidarán de mí. Pero, por favor, busque alguien que realmente quiera a Kathy. Es una niña adorable y no soporto la idea de que sea desdichada.

—Creo que sería sumamente difícil, sino imposible, encontrar a alguien que la quiera tanto como tú afirmó el Conde.

Jaela hizo un leve ademán de impotencia.

—Debe de haber alguna mujer buena que le enseñe todas las cosas que ella necesita saber.

—Dudo que haya alguna tan eficiente como tú opuso el Conde con suavidad.

—¡Pero tenemos que encontrar a alguien!— insistió Jaela, casi al borde de su resistencia.

—¿Estás tan ansiosa de dejarme como para que no te importe de hacernos infelices a Kathy... y a mí?

—¿A usted?

El asombro hizo que Jaela se volviese hacia él.

En los ojos masculinos había una expresión que la dejó atónita.

—Por primera vez desde que te conozco— dijo el Conde—, hablas y te portas como una tonta.

—¿P-por qué?

—Creo que te lo puedo explicar más fácilmente de este modo.

Dio un paso hacia ella y la rodeó con sus brazos. Después, mientras Jaela lo miraba asombrada, sus labios cayeron sobre los de ella.

Por un momento, la joven casi no pudo creer lo que estaba sucediendo.

Luego, bajo el fuego de la caricia, todo su ser pareció cobrar vida.

De forma instintiva, se ciñó al cuerpo del hombre. Mientras el Conde la besaba, sintió como si el sol de fuera hubiese llenado la habitación y los cálidos rayos penetraran en su cuerpo.

Con sus besos posesivos, el Conde parecía estarle diciendo sin palabras que no podría escapar de él.

Era tan maravilloso, y al mismo tiempo tan increíble, que sentía las lágrimas agolparse en sus ojos.

Las sensaciones que él le provocaba no se parecían a nada que hubiera sentido hasta entonces.

Cuando el Conde levantó la cabeza, Jaela, con una voz extraña, muy diferente a la suya murmuró:

—¡Te quiero, te amo!

—¡Como yo te amo a ti!— exclamó él—. ¡Y no te perderé jamás!

Entonces empezó a besarla de nuevo.

La besó hasta que a ella no le fue ya posible pensar, sino únicamente sentir que era parte del sol mismo.

Ya no había temor ni desdicha, sólo amor.

*

Más tarde, Jaela se encontraba sentada en el sofá, con la cabeza apoyada en el hombro del Conde y los brazos de él a su alrededor.

—¿Cómo puedes ser tan hermosa y al mismo tiempo tan inteligente?— decía el Conde.

—Yo no... no sabía que tú me amabas— murmuró Jaela.

—He estado luchando contra mi amor por ti desde el primer momento en que te vi.

—¡Pero tú... querías que Kathy y yo nos fuéramos!

—Decía una cosa y pensaba otra. Cuando te vi al día siguiente, sentí que algo muy extraño sucedía en mi corazón, pero no estaba dispuesto a reconocer que era amor.

—Yo..., traté de odiarte... después de todas las cosas malas que se decían de ti.

El Conde se echó a reír.

—Creo que los dos somos demasiado listos y perspicaces para que se nos pueda engañar por mucho tiempo.

Con el tono más serio, el Conde preguntó:

—¿De verdad creías que yo había asesinado a la mujer desaparecida?

—No— repuso Jaela con sinceridad—. Tú podías ser autoritario y arrogante, pero me parecía imposible que hicieras una cosa perversa o indigna de un caballero.

El Conde rió de nuevo y preguntó:

—¿Y ahora? ¿Qué piensas de mí ahora?

—Tú sabes la respuesta sin que tenga que decírtela.

¡Te amo, te amo como nunca pensé que fuera posible amar!

—¿Serás feliz viviendo aquí en el Castillo con Kathy y conmigo?

—Yo sería feliz en cualquier parte contigo, ¡y me fascina el Castillo!

No obstante, debido a que eres tan inteligente, creo que habrá muchas cosas que tengas que hacer en Londres. Y tal vez, cuando viajemos en busca de sellos que añadir a nuestra colección, haya misiones especiales que puedas realizar en el extranjero.

Los brazos del Conde la estrecharon con más fuerza.

—¿Cómo puedes ser exactamente el tipo de mujer que yo quise siempre para esposa? Por supuesto, haremos todas esas cosas. Y yo sé con exactitud por qué me las dices.

Besó la frente de Jaela antes de añadir:

—Cuando hayamos terminado nuestra luna de miel, que durará mucho tiempo, llevaremos a Kathy con nosotros en muchos de nuestros viajes, como seguramente tus padres te llevaron a ti. Y tal vez llevemos también a algunos de nuestros hijos.

Jaela emitió una risa ahogada y murmuró:

—¿A algunos de nuestros hijos?

—La sección infantil del Castillo son muy grandes.

—Sí.... eso es lo que yo creo también.

Él la besó con ternura en los labios antes de decir:

—Yo sé, cariño, por la forma en que cuidas y proteges a Kathy, que amas a los niños. Quiero un heredero y, además, varios hermanitos para él y para Kathy. Así ninguno de ellos se sentirá nunca solo, como yo me he sentido en estos últimos años, hasta que te conocí.

—Tú fuiste hijo único como yo, pero nosotros nos aseguraremos de que la sección infantil se llenen con nuestros niños..., en tanto tú no dejes de amarme.

Aunque estaba bromeando, había un tono serio en la voz de Jaela al decir:

—No podría soportar a esas horribles mujeres que se enamoran de ti de forma histérica y tratarían de interponerse entre nosotros. ¡No serás tú quien las mate, sino yo!

—¿De verdad crees que podría encontrar una mujer que pudiera excitarme más que tú? No son sólo tus labios, ni tu cuerpo exquisito, sino también tu mente.

La besó en la frente de nuevo antes de decir:

—Hay un intrigante encanto en todo lo que dices. Últimamente, todas las noches me iba a la cama pensando en ti. A veces me parecía que eras un enigma que nunca podría descifrar, o un laberinto a cuyo centro jamás podría llegar.

—Ahora sabes que el centro es mi corazón..., y tú lo llenas por completo. Cariño, sólo espero que no te aburras de mí ahora que ya no soy un enigma, un laberinto o un misterio.

—¡Te contestaré a eso dentro de cincuenta años!— dijo el Conde y empezó a besarla de nuevo, hasta hacerle pensar que nadie podía ser tan feliz sin haber llegado al cielo.

Subieron luego a la sección de niños, donde Kathy se hallaba al cuidado de Elsie.

Cuando entraron, la niña se puso en pie de un salto y corrió hacia su padre.

—¿Dónde estabas, papá? La señorita Compton se fue y yo quería bajar, pero Elsie no me dejó.

—Ahora ya puedes bajar— le contestó su padre—, hay algo que quiero decirte antes.

Con mucho tacto, Elsie salió de la habitación. El Conde levantó a su hija y la sentó en sus rodillas.

—Quiero preguntarte— le dijo—, si te gusta vivir en el Castillo.

—¡Claro que me gusta!— repuso Kathy—. Es muy grande y muy interesante. Estaba muy contenta aquí... hasta que me encerraron en esa cueva tan oscura.

—He ordenado que la tapien definitivamente, para que nadie se vuelva a quedar encerrado en ella.

—Eso está muy bien, papá. ¡A mí me dio mucho miedo.

—Bien, ahora tengo que hacerte otra pregunta:

¿A quién de los que vivimos en el Castillo, quieres tú?— Kathy se echó a reír y, levantando una manita, empezó a contar con los dedos.

—Quiero..., a la señorita Compton..., ¡y te quiero a ti, papá!

Miró rápidamente a Jaela.

—Eso hacen tres, ¿verdad, señorita Compton?

—Sí, son tres confirmó Jaela sonriendo con ternura.

—Yo también quiero a la señorita Compton— dijo el Conde—, y por eso creo, Kathy, que tú y yo nos pondríamos muy tristes si ella se fuera.

Kathy miró a Jaela.

—¿Es qué se va a ir? ¡Yo quiero que la señorita se quede!

—Igual me ocurre a mí— afirmó el Conde—, así que voy asegurarme de que no pueda irse nunca.

—¿Sí? ¿Qué vas a hacer?— preguntó Kathy.

—Hay una sola forma de evitar que nos deje y es casarme con ella, convertirla en mi esposa.

Kathy, sorprendida, se quedó pensando un momento en lo que acababa de oír.

Al fin, ladeando la cabeza en graciosa actitud, dijo:

—Tú eres mi papá, así que si te casas con la señorita Compton..., ¿ella será entonces mi mamá?

—Así es— confirmó el Conde—. Y una vez que nos casemos, podremos darte un hermanito, o una hermanita, para que juegues con él.

Jaela pensó que el Conde estaba siendo muy inteligente en la forma de exponer a Kathy lo que planeaban.

En silencio rezó para que su esfuerzo tuviera buen resultado. Hubo una larga pausa y luego Kathy dijo:

—Me encantaría tener hermanitos y que la señorita Compton fuera mi mamá.

—Eso es lo que esperaba que dijeras— exclamó su padre, evidentemente aliviado.

—Y, si te casas con ella, ¿podré ser su Dama de Honor?— preguntó Kathy—. Siempre he deseado serlo, pero nadie me ha invitado nunca a serlo.

—¡Tú serás mi única Dama de Honor!— le prometió Jaela sonriendo; pero cuando miró al Conde, éste vio que tenía los ojos llenos de lágrimas.

Eran lágrimas de felicidad.

Kathy bajó de las rodillas de su padre, para ir a decirle a Rufus que iba a ser Dama de Honor en una boda. Entonces el Conde le susurró a Jaela:

—Todo está saliendo tal como yo deseaba, amor mío. Ahora, ¡lo único que tenemos que hacer es casarnos!

*

Después del almuerzo, el Conde, para alejar de la mente de todos , las cosas malas que habían sucedido, se llevó a Jaella y a Kathy a pasear por los alrededores a caballo.

Cuando volvieron a la casa una hora más tarde, en el rostro de Whitlock había una expresión que hizo comprender al Conde que deseaba hablar a solas con él.

Mientras Jaela llevaba a Kathy al piso de arriba, el Conde se dirigió al estudio, seguido por el mayordomo.

—¿Qué sucede?— preguntó Su Señoría.

—Creo que Su Señoría debe saber— contestó Whitlock—, que cuando la señora Matherson se fue en el calesín del Comisario, llevaba los caballos tan desbocados, que al franquear las rejas del Castillo chocó con la carreta de un granjero.

—¿Chocó?— exclamó el Conde.

—Los caballos iban fuera de control, Señoría, así que el calesín volcó y la señora Matherson salió despedida de él.

—¿Y está herida de gravedad?

—Desgraciadamente, Señoría, los caballos la pisotearon. La señora murió antes de que el Comisario llegara al lugar del accidente.

El Conde guardó silencio. Pensaba que, aunque fuese horrible, era lo mejor que podía haber sucedido.

Ahora el Comisario no tendría que someter a juicio a una mujer que había confesado, en presencia de testigos, haber asesinado a su esposo y, con anterioridad, a Lady Anstey.

Aliviado, se dijo que así como las oraciones que Jaela habían sido escuchadas cuando ella y Kathy se hallaban encerradas en la cueva, también habían sido atendidas sus propias plegarias de que no hubiera ningún escándalo.

Con expresión grave, preguntó al mayordomo:

—¿Fueron sacados los restos de Lady Anstey y llevados a la Iglesia como ordené?

—Sí, Señoría, los hombres se llevaron el ataúd después del almuerzo— contestó Whitlock—. Como ordenó Su Señoría, fue llevado en la carreta y el vicario estaba esperando para recibirlo.

—Gracias, Whitlock.

La noche anterior, el Conde había decidido hacer sepultar inmediatamente a Myrtle Anstey. Luego informaría a sus familiares de lo sucedido.

Estaba seguro de que ninguno de ellos querría que los periódicos dieran cuenta del descubrimiento del cadáver.

Lo que importaba era que los restos de la pobre Myrtle recibieran cristiana sepultura.

Luego ya no habría obstáculo alguno que le impidiera iniciar los preparativos de su boda.

Cuando Whitlock se disponía a salir del estudio, Su Señoría ordenó:

—Mande aviso al Vicario de que quiero verlo esta tarde alrededor de las seis.

—Así lo haré, Su Señoría— dijo Whitlock y abandonó la estancia.

Nadie estaba más emocionado con la boda que Kathy. Le dijeron, sin embargo, que lo guardara en secreto hasta la noche del día siguiente.

—Puedes decírselo a Rufus, pero a nadie más— le indicó Jaela.

—Pero, ¿*voy a ser* la Dama de Honor?

—¡Claro que lo serás! Escogeremos tu vestido más bonito para la ceremonia y, además, llevarás una diadema de flores en la cabeza y un ramillete en la mano.

Kathy estaba tan excitada, que Jaela casi no tuvo tiempo de planear ella qué se iba a poner.

Quería estar bonita para el Conde, porque suponía cuántas mujeres hermosas habría habido en su vida.

Examinó detenidamente sus vestidos, complacida de haber llevado tantos.

Entre ellos había uno de noche tan bonito que, aunque era carísimo, en su momento no había podido resistir la tentación de comprarlo.

Era de gasa blanca y se amoldaba de manera perfecta a las curvas de su figura y su esbelto talle.

Por detrás se adornaba con una cascada de pequeños volantes, y el escote estaba bordado con diminutos brillantes que hacían pensar en el rocío sobre las flores al amanecer.

Con él puesto, Jaela parecía una figura etérea.

El complemento perfecto lo constituyó el fino velo de encaje que llevaba en la Familia Hale varias generaciones y parecía haber sido hecho por manos de Hadas.

El Conde no quiso que se pusiera una tiara.

—Eso queda para más adelante— le dijo—. Hay varias disponibles, entre las cuales podrás escoger cuando ocupes tu puesto a mi lado en la Apertura del Parlamento.

Así pues, tanto ella como Kathy llevaban sendas diademas de orquídeas blancas, procedentes de los invernaderos del Castillo, y ramos de las mismas flores.

—Es la primera vez que florecen estas orquídeas desde que las traje del extranjero— explicó el Conde—. ¡Al parecer sabían que las deseábamos para una ocasión especial!

—Una ocasión muy..., muy especial— murmuró Jaela.

Ya lista, bajó la escalera con Kathy, que la seguía muy excitada.

—Al llegar al vestíbulo, pensó que ningún hombre podía ser más apuesto ni más impresionante que el Conde, quien lucía un traje de etiqueta con todas sus condecoraciones sobre la pechera.

Cuando Jaela llegó a su lado y lo miró a través del velo, el Conde se dijo que ella era la esposa pura e inocente que siempre había deseado.

Y era también la mujer más inteligente que había conocido en su vida.

«¡Soy un hombre muy afortunado!», se dijo mientras ofrecía el brazo a la joven para conducirla a la Capilla del Castillo, que añadida al edificio a finales del siglo XVIII, era obra del célebre arquitecto Robert Adam.

El Vicario iba allí cada mes, para celebrar un servicio religioso al que asistían cuantos trabajaban en el Castillo y en las tierras circundantes.

Ahora no había nadie en ella más que el Vicario, con Whitlock y la señora Hudson que actuarían como testigos.

La Capilla estaba llena de flores, todas blancas. Era como si la primavera la hubiese invadido de pronto.

Mientras avanzaba por el pasillo central con lentitud, el Conde pensó que para él era la primavera de una nueva vida, completamente diferente a la que había soportado en los ocho últimos años.

Para Jaela, la ceremonia tuvo toda la santidad del amor. Estaba segura de que sus padres se hallaban presentes y cerca de ella.

«Gracias, papá..., gracias, mamá», les habló en silencio, mientras se arrodillaban ante el altar. «Seré tan feliz como lo fueron ustedes y, en el futuro, sé que no sólo mi esposo sino también ustedes, cuidarán de mí».

Cuando recibieron la bendición, Jaela sintió que los Ángeles de la Guarda, que les habían salvado a Kathy y a ella la vida, los rodeaban con su mística influencia.

*

Kathy, todavía llena de excitación, cenó con ellos e incluso brindó con un poquito de champán.

Cuando fue enviada a la cama, Jaela y su esposo se quedaron solos por fin.

—Todo está ya dispuesto para nuestra luna de miel, amor mío— dijo el Conde—. Elizabeth y Henry han mandando una nota en la cual nos comunican que con mucho gusto se trasladarán al Castillo durante todo el tiempo que estemos ausentes.

—¡Cuánto me alegro!— exclamó Jaela.

—Además, traerán consigo a su nieta más pequeña, que es de la misma edad de Kathy.

—Me alegro mucho— repitió Jaela—. Así, tranquilizada respecto a Kathy, podré dedicarme a pensar sólo en ti.

Más tarde, subieron la escalera cogidos de la mano.

Jaela se había cambiado al amplio y hermoso dormitorio principal, donde todas la Condesas de Halesworth habían dormido generación tras generación.

Después de desvestirse, Jaela se metió en la cama de postes tallados y dorados, sobre la cual había un dosel en que cupidos y palomas enlazaban guirnaldas de rosas.

Jaela esperaba.

La puerta de comunicación se abrió al fin y entró el Conde. Jaela pensó, mientras él se le acercaba, que nunca en su vida había visto a un hombre más feliz.

Se sentó en el borde del lecho y la miró largamente.

—¿Es esto verdad... o estoy soñando?— preguntó.

—Es... es verdad— murmuró ella.

El Conde siguió mirándola sin hablar, hasta que ella dijo:

—Estás haciendo que me sienta... muy tímida.

—¡Te adoro cuando eres tímida! No la besó como ella esperaba.

Se quitó la bata y se metió en la cama a su lado. Cuando la tomó en sus brazos, Jaela sintió que su corazón palpitaba de forma alocada contra el pecho de él. Debido a que estaba tan silencioso, pasados unos momentos, le preguntó:

—¿En qué estás pensando? ¿Ocurre algo malo?

—¿Cómo puede pasar nada malo ahora que eres mi esposa?

Sólo quiero seguir dando gracias a Dios por haberte enviado a mí. Me resulta difícil creer que los problemas, la soledad y la desdicha de los últimos años han llegado realmente a su fin.

—Yo... he jurado hacerte feliz.

—Y yo, mi adorable mujercita, que jamás te dejaré.

Entonces, como si quisiera quitarse el temor de perderla, el Conde la abrazó estrechamente y empezó a besarla hasta que Jaela casi no podía respirar.

—¡Te amo!— exclamó él—. Pero eres tan joven e inocente, que tengo miedo de lastimarte o asustarte.

Jaela recorrió con los dedos la línea de sus labios.

—No debes hablar nunca de temores— dijo—. Por todo lo que hemos sufrido, sé que sólo hay una cosa que puede destruir el miedo y evitar que nos haga daño.

—Creo que sé lo que es, pero quiero oírlo de tus labios.

—¡Es el amor!— exclamó Jaela—. ¡Y yo te amo con todo mi corazón y mi alma entera!

—¡Como yo te amo a ti!— declaró el Conde—. Adoro también tu hermoso cuerpo. ¿Me lo darás, igual que tu corazón?

—¡Es tuyo!

Había en la voz de Jaela , una nota de pasión que él no había percibido antes.

Después, un poco titubeante, ella agregó:

—Dices que soy muy lista..., pero bien sabes que soy una ignorante en todo lo que se refiere al amor. ¿Y si te desilusiono..., sí me consideras una tonta y te aburres de mí?

Él comprendió que aquélla era una pregunta importante.

—Amor mío— contestó—, ¿crees acaso que quiero que sepas algo del amor... aparte de lo que yo te enseñe?

La estrechó contra su pecho casi con violencia.

—¡Eres mía y ningún otro te tocará jamás!

Sus labios tomaron posesión de los de ella con voracidad, como si temiera perderla.

Después, mientras la besaba y la seguía besando, pensó que despertarla al amor sería la cosa más excitante que había hecho en su vida.

Sería muy considerado; pero, al mismo tiempo, ambos conocerían el éxtasis irresistible del deseo, que los elevaría hacia las estrellas.

Sería el amor verdadero, que procede de Dios y forma parte de lo divino.

Un amor contra el cual nada que fuera perverso o cruel podría sobrevivir.

El Conde sintió que Jaela se estremecía contra él y la abrazó con mayor fuerza todavía.

—¡Eres mía, mi preciosa, inocente y pequeña esposa! ¡Y yo te amaré y te adoraré durante el resto de nuestra vida!

—Yo... te amo— murmuró Jaela—. Siento que me estás... elevando hacia el Cielo... y que los Ángeles... nos están esperando allí.

Después, cuando el Conde la hizo suya, la luz del amor que viene de Dios, es parte de Dios y eterna, los envolvió en su dorado resplandor.

Made in the USA
Las Vegas, NV
19 November 2023

81161905R00100